LES SECRETS DU *Père Noël*

K.C. WELLS

Artiste de couverture : Meredith Russell

Le contenu de couverture est uniquement utilisé à des fins illustratives et les personnes décrites sont des modèles.

Photographe : Ben Fink

Modèles : Ben Fink, Anthony Gordon

Les secrets du père Noël

Traduit de l'anglais par Manon Tutin

Relecture et corrections : Lily Karey

ISBN : 978-1-8384445-7-0

Le moment présent

Jour de Noël

Je jetai un coup d'œil à l'horloge. Presque minuit. Cela signifiait qu'il allait arriver d'une seconde à l'autre. Une nuée de papillons s'envola dans mon estomac et mes mains devinrent moites.

Que dois-je lui dire ? Et si je dis oui, est-ce qu'il aura changé d'avis, lui ?

Puis-je vraiment dire oui ?

Je n'avais pensé à rien d'autre pendant toute une année. Non, plus longtemps, si je devais être honnête. L'idée m'était apparue en 2014, lorsque j'avais finalement appris son secret, et j'y pensais depuis. Énormément.

Huit ans, c'est très long. Huit ans à tourner autour du pot, sans jamais en discuter franchement. Et cette année avait été difficile.

Aucun homme vivant n'avait jamais été confronté à un tel choix.

Je savais qu'il désirait obtenir une réponse. Mon problème, c'était que je n'avais toujours pas décidé laquelle lui offrir.

Permettez-moi d'abord de le regarder dans les yeux. Cela aiderait peut-être.

J'observai mon reflet. J'avais passé des siècles à décider de ce que j'allais porter ce soir-là. En fin de compte, je m'étais contenté d'un jean, d'une chemise blanche, et de mon pull brun préféré.

Mes cheveux avaient été bruns eux aussi, autrefois. Plus maintenant. Ma barbe était principalement grise, avec encore un peu d'obscurité au niveau de ma moustache et sous ma lèvre inférieure. Mes yeux recelaient encore d'une partie du scintillement de ma jeunesse, Dieu merci. Mais je devais être honnête.

L'homme que je voyais dans le miroir ressemblait peu au garçon de douze ans qui était entré dans le salon en 1979, pour découvrir qu'il avait eu tort.

Terriblement tort.

Ce matin-là, j'avais dit à mon petit frère, Ben, que le père Noël n'était pas réel, qu'il s'agissait seulement de notre mère et de notre père.

Cette première rencontre avait bouleversé mon monde.

Les rencontres suivantes s'étaient intégrées dans l'emploi du temps de ma vie.

Quarante-trois rencontres, pour être précis. Et bien que toutes aient été merveilleuses, certaines s'étaient gravées dans mon esprit plus que d'autres.

Certaines d'entre elles avaient tout simplement été magiques.

Je récupérai deux verres dans l'armoire, ainsi qu'une bouteille de whisky. Son favori. Combien de gens pouvaient prétendre savoir quelle était la boisson favorite du père Noël ? J'en versai une généreuse mesure dans chacun, puis je m'installai dans le fauteuil, attendant qu'il apparaisse.

1979 me semblait être une autre vie, toutefois je m'en souvenais comme si c'était hier.

Je sirotai l'alcool, espérant être assez ivre pour calmer les battements erratiques de mon cœur.

Ne pense pas à ça.

Ne pense pas à ça.

Au lieu de cela, je laissai mon esprit revenir à certaines de ces nuits mémorables, plongeant à travers les décennies comme si je feuilletais un excellent roman.

Le meilleur endroit pour commencer ? Au tout début.

Quand j'avais 12 ans

1979

Je n'arrivais pas à dormir. J'étais incapable de dormir la veille de Noël. Certains de mes amis à l'école avaient dit que leurs parents les avaient autorisés à ouvrir des cadeaux lors du réveillon, mais où était le plaisir dans tout ça ? L'anticipation ? L'excitation, aller au lit, le désir de découvrir ce qui se trouvait dans les paquets alléchants ayant été disposés sous les branches du sapin ?

D'accord. J'avais toujours les yeux qui brûlaient au moment où le matin arrivait, mais ça n'avait jamais pu m'empêcher de me lever à l'aube pour aller sauter sur le lit de mes parents, en exigeant qu'ils se lèvent dans la seconde.

Je savais pertinemment pourquoi je ne parvenais pas à trouver le sommeil cette nuit-là, et c'était à cause de ma culpabilité.

J'avais été diabolique. J'avais gâché le Noël de Ben.

Croyais-je encore au père Noël lorsque j'avais huit ans ? Probablement. Et je n'avais pas la moindre idée de ce qui m'avait poussé à lui dire que ce dernier n'existait pas.

En réalité, je savais exactement pourquoi je

l'avais fait. J'étais énervé parce que son prix d'excellence était collé sur la porte du frigo, et que je n'en avais pas reçu un moi-même. Et pour un garçon de huit ans, il pouvait être sacrément suffisant lorsqu'il s'y mettait.

J'avais eu envie d'effacer le sourire de son visage.

Bien sûr, ça s'était retourné contre moi. Ben avait éclaté en sanglots, maman m'avait demandé comment je pouvais lui mentir comme ça, et papa m'avait envoyé me coucher tôt, avec la menace que je n'aurais pas de cadeaux. Je n'avais même pas terminé mon dîner.

Et voilà que j'étais là, au milieu de la nuit, à mourir de faim.

Je me glissai hors de la chambre que je partageais avec mon frère, en prenant bien soin de ne pas le réveiller, parce que je ne voulais pas subir davantage la colère de mon père, et je descendis à la cuisine. Je déplaçai une chaise pour pouvoir atteindre la boîte à biscuits, sauf qu'elle ne se trouvait pas à son emplacement habituel.

C'est là que je me rappelais. Il y avait des biscuits dans le salon, sur la cheminée, ainsi qu'un verre de lait, et quelques carottes pour les rennes.

Le père Noël n'allait pas les manger, après tout, pas vrai ? Et si je le faisais, ça ne ferait que pousser Ben à croire que je lui avais bel et bien menti, que le père Noël était réel, et qu'il s'était installé dans notre salon pour manger les biscuits aux raisins faits par notre maman. Parce que mes parents n'allaient certainement pas m'accuser de les avoir mangés, pas alors que perpétuer le mythe du père Noël rendrait

Ben heureux.

Je pourrais supporter le regard de ma mère, qui lèverait les yeux au ciel, puisque j'y étais habitué.

J'ouvris la porte du salon et… merde ! Il y avait un type en costume rouge, qui plaçait des cadeaux sous notre sapin.

Impossible.

Impossible !

Maman laissait toujours une lampe allumée dans le coin, donc je ne pouvais pas le manquer.

Ma santé mentale me revint. C'était mon père, déguisé en père Noël. Sauf que j'avais entendu le ronflement familier de papa lorsque j'étais passé devant leur chambre.

Cela signifiait donc…

Je me tenais près de la porte, dans mon pyjama rayé, la bouche grande ouverte, le cœur battant à tout rompre.

Il était juste là.

Il ne ressemblait pas du tout au père Noël dans les films. Il n'était pas gros, pour commencer. Ses joues n'étaient pas rondes et toutes rouges. Ses sourcils étaient foncés, et oui, même à cette distance, je pouvais voir que ses yeux étaient bleus. Sa moustache était d'un gris foncé. Il portait une barbe, même si elle n'était pas faite d'une surabondance d'épaisses boucles blanches, dont étaient affublés les divers pères Noël, sur les genoux desquels j'avais grimpé depuis que j'étais assez vieux pour exiger qu'on m'emmène les voir.

Sa barbe, c'était autre chose.

Elle était d'une couleur blanche, enveloppait ses

joues et semblait avoir énormément poussé, avant de frisotter aux extrémités. Elle paraissait aussi délicate que la soie d'une araignée. Et elle encadrait son visage.

Ce n'était très certainement pas papa en costume de père Noël. La longue cape était d'un beau rouge profond et atteignait les chevilles de ses bottes noires, brillantes, dans lesquelles était glissé son pantalon noir. Sous le manteau, il portait une veste de la même nuance de rouge, ainsi qu'une boucle de ceinture dorée qui scintillait sous la lumière de la lampe.

Puis il s'empara de l'assiette des biscuits…

Un bruit étranglé s'échappa d'entre mes lèvres. Je n'arrivai pas à décider si c'était à cause de mon incrédulité d'être tombé sur le père Noël dans mon salon, ou parce que mon plan de manger les biscuits était sur le point de tomber à l'eau.

Il se tourna vers moi, les sourcils froncés, une expression amusée plaquée sur le visage.

— Quelque chose ne va pas ?

Sa voix était légère, presque musicale. Je me serais attendu à une voix forte et profonde qui aurait secoué toute la maison. C'était une autre erreur que le monde entier faisait à son sujet.

— Je comptais les manger.

Ses lèvres s'ouvrirent pour afficher un grand sourire.

— Et si on passait un marché ? Nous pouvons les partager. Et le lait aussi, si tu en veux.

Je reniflai.

— Vous pouvez avoir le lait.

Il ramassa l'assiette et inclina son menton en

direction du grand canapé en cuir.

— Allons-nous asseoir pour manger, tu veux ? Je promets de ne pas laisser de miettes.

Je ne bougeai pas.

— Vous êtes vraiment ici. Ce n'est pas un rêve.

Il sourit.

— Tu ne rêves pas, Anthony.

— Comment savez-vous que je ne suis pas Ben, mon petit frère ?

Ses yeux étincelaient de malice.

— Parce que si c'était le cas, cela signifierait que le cadeau Superman sous le sapin serait pour toi, et je pense que tu es un peu trop vieux pour ça, pas vrai ?

Il s'assit et l'assiette tangua sur ses genoux.

— Je croyais que tu voulais un biscuit ?

J'en attrapai un rapidement.

— Est-ce que ça veut dire que je suis sur la liste des méchants enfants ? Puisque vous savez tout sur tout et que je vous ai vu en vrai ? Je dois vous dire quelque chose. J'ai toujours trouvé que ça faisait peur. Je veux dire, un gars en costume rouge, qui peut savoir ce que je fais à n'importe quel moment ?

Il me fixait. Je rougis. Puis je toussotai.

— Je suppose que ça signifie que je suis sur la liste des méchants enfants, pas vrai ?

Je n'en croyais pas mes yeux.

Le père Noël est réel.

Il est assis sur mon canapé.

Si c'était un rêve, c'était le plus cool d'entre tous. Ses sourcils se froncèrent à nouveau.

— S’il te plaît, assieds-toi, Anthony. Je voudrais un peu de compagnie.

Puis il me sourit à nouveau.

— Et à propos de cette liste… tu ne devrais pas croire tout ce que tu entends. Le fait que tu sois entré dans ce salon et que tu m’aies vu relève du miracle. J’étais un peu distrait ce soir.

Le père Noël avala un morceau de biscuit.

— Ta mère fait de très bons biscuits.

Je clignai des yeux, m’installant sur le canapé sans même y réfléchir.

— Vous les mangez vraiment ?

Il ricana.

— Je ne vais pas les donner à mes rennes. Danseuse devient trop grosse, de toute façon. Elle peut se contenter des carottes.

— C’est vrai ? Les noms des rennes ?

Ça devait être un rêve. J’allais me réveiller d’une seconde à l’autre, enfoui sous ma couverture.

— Bien sûr. Sauf en ce qui concerne Rudolph. C’est un mythe.

Il m’observa fixement.

— Et maintenant que tu sais que je ne suis pas une légende ? Vas-tu le dire à quelqu’un ?

Je haussai les épaules.

— Non. Ce sera mon secret.

Personne ne me croirait de toute façon.

— Très bien. Dans ce cas, nous pourrions peut-être recommencer. Est-ce que tu aimerais ça ? Nous pourrions partager d’autres biscuits et je pourrais te raconter toutes sortes de choses.

— Comme quoi ?

J'avalai mon biscuit en deux bouchées.

— Eh bien, veux-tu savoir pourquoi il n'y a pas de Rudolph ? Tous mes rennes sont des femelles, et il est impossible qu'elles autorisent un mâle à les diriger.

Il ricana.

— Quelle drôle d'idée !

— Est-ce qu'il y a vraiment des elfes ?

C'était fascinant.

— Je suis désolé, mais c'est une autre légende que l'on raconte la veille de Noël. Ma soirée n'est pas encore terminée, alors je ferais mieux de m'en aller.

Il se leva.

— Merci de garder ma visite secrète.

Il leva la tête.

— Tu aimes le dessin, pas vrai ?

J'en restai bouche bée.

— Comment… vous le savez parce que vous avez placé quelque chose sous le sapin, pas vrai ?

Ses yeux bleus scintillaient d'amusement.

— Peut-être ?

— Vous le pensiez vraiment ?

— De quoi est-ce que tu parles ?

— Qu'on recommence.

Il fronça les sourcils.

— Bien sûr. Sinon je ne te l'aurais pas dit.

Il tendit la main, je la lui serrai. Sa peau était lisse et chaude au toucher.

— Retourne au lit et essaie au moins d'avoir l'air

surpris demain, lorsque Ben ouvrira son cadeau.

Il relâcha ma main avant de me caresser les cheveux.

— Tu es un bon garçon, Anthony. Il te pardonnera.

Ma bouche s'ouvrit à nouveau.

— Vous êtes au courant ?

Le père Noël haussa les épaules.

— C'est peut-être pour ça que je t'ai laissé me voir. Je voulais que tu saches que j'étais réel. Et ça pourrait être une bonne idée de prendre Ben à part demain matin pour lui dire que tu n'en pensais pas un mot et que je suis bien réel. Qu'il garde son âme d'enfant un peu plus longtemps. Bientôt, il y aura plein d'autres choses pour occuper ses pensées et je ne deviendrai rien de plus qu'un mythe à ses yeux.

Mon cœur se serra.

— Est-ce que ça veut dire qu'un jour je vous oublierai, moi aussi ?

Il posa ses mains sur mes épaules.

— Tu croiras en moi aussi longtemps que tu voudras y croire.

Sa voix avait une intonation grave et, pour une raison étrange, elle ne fit rien pour apaiser mon esprit troublé. Il m'ébouriffa les cheveux.

— Maintenant, retourne te coucher. Profite de demain. Rappelle-toi ce que signifie cette journée.

Oh mon Dieu !

— Cette partie est réelle aussi ?

Il hocha la tête.

— Nous célébrons sa naissance, c'est la raison

pour laquelle cette journée devrait être remplie d'amour. Malheureusement, ce n'est pas toujours le cas.

Pendant un moment, ses yeux arborèrent une telle tristesse que cela me retourna l'estomac. Il cligna des paupières et, juste comme ça, la chaleur se répandit à nouveau sur son visage.

— Joyeux Noël, Anthony.

Puis il s'en alla, sans flash lumineux, sans fanfare, simplement en claquant des doigts et en s'évaporant dans un tourbillon de rouge.

— Bonne nuit, père Noël, murmurai-je.

Il y avait une chose que je savais désormais avec certitude : je l'attendrais avec impatience l'année suivante.

Quand j'avais 15 ans

1982

Je jetai un coup d'œil au réveil près de mon lit. Il était presque minuit. Cela signifiait qu'il pouvait déjà être en bas. Je me souvenais encore à quel point je m'étais senti spécial, il y a deux réveillons de Noël de cela, lorsque je m'étais glissé dans le salon pour découvrir que ce n'était pas un rêve, que le père Noël se tenait bien près de la cheminée, à boire du lait. Et l'année suivante, il était revenu.

Une partie de moi s'était dit que le jour viendrait où j'entrerais et où la pièce serait vide... j'avais quinze ans, et mon enfance me glissait entre les doigts, mais jusqu'à ce que ce jour arrive, je désirais profiter de chaque occasion que j'avais de le voir.

Je jetai un coup d'œil à Ben, il dormait profondément. Je soulevai ma couette et marchai aussi silencieusement que je le pouvais pour atteindre la porte, priant pour qu'elle ne grince pas. Une fois à l'extérieur de la pièce, je pus entendre des bruits en provenance d'en bas.

Il est là.

Je descendis en courant les escaliers et entrai dans le salon baigné de chaleur. Je compris alors pourquoi il faisait si chaud, il avait allumé un feu.

— Comment pouvez-vous passer par la cheminée s'il y a un feu ?

Le père Noël se tourna pour m'adresser un sourire radieux.

— Content de te voir, moi aussi, Anthony. Et si tu te souviens bien, ce n'est pas comme ça que je t'ai quitté au cours des trois dernières veilles de Noël.

Une étincelle familière brillait dans ses yeux.

— Qu'est-ce que je t'ai déjà dit au sujet de ne pas croire tout ce que tu entendais ?

J'avançai vers le tapis, qui se trouvait devant la cheminée, et m'y assis en tailleur.

— Alors, vous pouvez vraiment faire de la magie ?

— Comment penses-tu que je puisse faire ce travail autrement ?

Le père Noël s'installa dans le large fauteuil rembourré de mon père, en tenant toujours son verre de lait.

— Tu as grandi depuis l'an dernier.

Je reniflai.

— Oui. Maman n'arrête pas de se plaindre de la fréquence à laquelle elle doit me racheter des vêtements.

Il secoua la tête.

— Je préfère ce pyjama. Star Wars est très populaire.

— Maman m'a laissé choisir. Je lui ai dit que j'étais trop vieux pour qu'elle continue de tout choisir pour moi tout le temps.

Le père Noël souriait.

— Quinze ans. Oh mon Dieu. Presque un adulte. Tu dois commencer à avoir des petites copines.

Mon estomac se crispa.

— Non.

Il fronça les sourcils.

— Pourquoi pas ? Tu es un beau jeune homme. Il doit y avoir beaucoup de filles qui veulent sortir avec toi.

Même si j'avais énormément apprécié nos trois rencontres précédentes, je n'étais pas prêt à me dévoiler à lui. Nous pouvions discuter de l'école, des livres, des films… c'était bien, mais je n'étais pas encore à l'aise avec les informations personnelles.

Surtout ce genre de trucs.

Il n'arrêtait pas de me dire que je ne devais pas croire tout ce que j'entendais. Qui pouvait savoir ce à quoi il pensait vraiment ? Peut-être que le père Noël avait des idées différentes à ce sujet. Ou peut-être qu'il était comme mes parents.

À mon plus grand soulagement, il leva sa main.

— Tout va bien, Anthony. Tu n'as rien à me dire. Ça ne me regarde pas. Mais… est-ce que tu es heureux ?

— Oui et non. Je ne veux pas vraiment en parler.

J'avais mal au ventre.

— Tout va bien. Nous ne le ferons pas dans ce cas.

Ses yeux croisèrent les miens, et pendant une seconde, j'eus l'impression qu'il pouvait voir jusque dans mon cœur.

— Mais s'il y a une veille de Noël où tu désires parler à quelqu'un, je serai là pour toi, d'accord ?

Il le pensait sincèrement. Je pouvais l'entendre dans sa voix. Ma gorge se serra.

— Merci, dis-je.

Il désigna l'assiette posée sur la cheminée.

— Je t'ai laissé un biscuit, comme l'an dernier.

Cela me fit sourire.

— Merci. Des pépites de chocolat cette année, pas vrai ?

Il souriait.

— Délicieux.

Puis il leva la tête.

— Ben a cessé de croire en moi, n'est-ce pas ?

Je hochai la tête, comme toujours étonné de voir à quel point il savait toutes ces choses.

— Mais après tout, il ne sait pas ce que moi je sais.

Mon secret m'apportait énormément de chaleur et de réconfort, surtout lors de ces journées où tout allait de travers. Notre quatrième rencontre avait été tout aussi magique que la première, et j'adorais comment… c'était juste un réel plaisir de lui parler.

— Cette entrevue devra être plus courte que les précédentes, me confia le père Noël. Je semble avoir plus de livraisons à faire que jamais.

Il se releva.

— Mais je serai ici l'année prochaine.

— Devez-vous vraiment partir maintenant ?

Il fronça les sourcils.

— Quelque chose ne va pas ?

Je me mordis la lèvre, avant d'ouvrir les bras.

— Puis-je avoir un câlin ?

Il m'adressa un sourire chaleureux.

— Bien sûr que oui.

Je sautai sur mes pieds et me précipitai pour l'entourer de mes bras. Il m'enveloppa dans une étreinte serrée, et je fus brusquement bercé par sa chaleur. Il y avait un parfum accroché à son manteau, quelque chose que je ne parvenais pas à replacer, mais cette odeur s'infiltra en moi, m'apaisa et m'insuffla un sentiment d'optimisme quant au fait que les choses allaient vraiment bien se passer.

— Passe une bonne journée demain.

Sa voix s'insinua jusque dans mon cœur.

— Merci. Et vous, reposez-vous.

Il gloussa en me libérant.

— Tu peux en être certain.

Il claqua des doigts et disparut.

Pendant un long moment, je contemplai l'endroit où il s'était trouvé.

Peut-être que l'année prochaine, je serais suffisamment audacieux. Je n'avais pas eu le courage de le dire à mes parents, mais peut-être que je pourrais avouer au père Noël que je pensais être gay.

Quand j'avais 17 ans

1984

La lumière du feu vacillait, alors que je contemplais le cœur des flammes.

— N'avez-vous pas de cheminée là où vous vivez ?

Cinq ans s'étaient écoulés depuis notre première rencontre, et il ne m'avait jamais parlé de sa maison. Le père Noël sourit, sans pour autant que son sourire atteigne ses yeux.

— Je pense que les feux de cheminée sont faits pour être partagés.

Ses paroles me nouèrent l'estomac. Ne pouvait-il pas en partager avec la mère Noël ? En y repensant, il ne m'avait jamais parlé d'elle, non plus. Oh mon Dieu. Est-ce qu'elle ne ressemblait en rien aux descriptions ? Était-elle une vieille mégère diabolique qui gardait le père Noël sous son emprise ?

Je laissai mon imagination partir dans tous les sens. Le père Noël n'était en rien comme je l'avais imaginé, donc il était logique qu'il en soit de même pour sa femme. Il brandit le verre que je lui avais posé dans la main.

— Ça me semble être une très mauvaise idée.

— Je suis sûr que beaucoup de gens vous laissent

un verre de whisky, déclarai-je.

— Oui, en effet, mais je n'en bois jamais.

Il désigna la bouteille qui se trouvait sur la table à côté de lui.

— Lorsque j'ai vu lequel tu offrais, j'ai cédé. C'est mon préféré.

Je notai cette information dans un coin de ma tête.

— C'est également celui de mon père.

C'était fini. Plus de lait pour le père Noël. Je m'assurerais qu'il y ait toujours un verre de whisky prêt pour lui à son arrivée. Il s'enfonça dans le fauteuil de mon paternel, en tenant son verre dans une main et en faisant tournoyer une mèche de sa barbe entre son pouce et son index.

— C'est exactement de ça que j'avais besoin.

Je contemplai le bonnet qui recouvrait sa tête.

— À quoi ressemblez-vous là-dessous ?

Il ricana.

— Tu ne vas très certainement pas le découvrir. Mes cheveux sont ruinés par le port du bonnet.

Je reniflai.

— Sérieusement ?

— Je ne plaisante pas. Tu devrais voir lorsque la nuit est finie et que je peux enfin l'enlever.

Il m'adressa un coup d'œil.

— Tu vas bientôt entrer à l'université. Est-ce que tu as hâte d'y aller ?

J'inspirai profondément.

— Oui. Ce sera bon de partir.

Le père Noël fronça les sourcils.

— Quelque chose ne va pas ?

Je haussai les épaules.

— Simplement… des trucs de famille.

Sauf que c'était bien plus que ça.

Il soupira.

— Et je ne fais pas partie de ta famille. Je comprends. Je ne suis que le vieil homme à qui tu parles une soirée par an. Ça ne m'offre aucun privilège.

— Vous n'êtes pas vieux, répondis-je. Vous êtes… intemporel.

Dis-lui. Dis-lui.

Je décidai de suivre mon instinct.

— Le problème, c'est que j'ai hâte d'aller à l'université pour pouvoir enfin être moi-même.

Il m'adressa un regard curieux, sans pour autant dire quoi que ce soit.

— Je pourrais vraiment être moi-même, répétai-je. Le garçon que mes parents et mon frère ne doivent pas connaître.

J'avais mes raisons de ne pas l'avouer à maman et papa, et je savais que Ben ne comprendrait pas. Comment le pourrait-il… après toutes les discussions qu'il y avait eu à ce sujet à l'école, et la plupart très mauvaises…

Il soupira.

— Je comprends mieux que tu ne le crois.

Bien sûr que c'était le cas. Personne au monde ne savait à quoi ressemblait l'homme derrière le costume du père Noël, pas même moi.

— Alors… qu'est-ce que tu aimes vraiment ? Ai-je le droit de poser la question ?

Je n'avais pas la moindre idée de la raison pour laquelle mon esprit et mon cœur me soufflaient qu'il prendrait bien ma révélation, cependant je décidai à nouveau de suivre mon instinct.

— Oui, vous pouvez me poser la question. Je suis… gay.

Son expression était tellement sereine. Mon Dieu.

— Ah, d'accord.

Il redressa le menton.

— Tu le sais depuis longtemps, pas vrai ?

Comment faisait-il ? Comment pouvait-il me voir si clairement alors que mes proches étaient désemparés face à moi ? Je hochai la tête.

— Je me suis toujours senti plus attiré par les autres garçons que par les filles. Et il y a deux ans… j'ai finalement admis que j'étais gay.

— Mais tu ne l'as pas dit à tes parents.

Ce n'était pas une question.

— Pourquoi ? Bien sûr, il n'est pas nécessaire de le révéler à qui que ce soit, parce que ça ne regarde que toi, j'aimerais simplement comprendre.

— Je n'en suis pas sûr.

Mon cœur se serra davantage face à ce mensonge.

— En fait, je sais exactement pourquoi je n'ai rien dit. C'est la peur qui me retient. Je regarde les informations et… je pense qu'ils s'inquiéteraient pour moi.

Il poussa un lourd soupir.

— À cause du sida ?

Je hochai la tête. Le père Noël contempla les flammes.

— Et maintenant, je vais m'inquiéter pour toi, moi aussi.

Ce ne fut qu'alors que je réalisais. Peu importait son âge… cet homme était censé avoir plusieurs siècles, pourtant il était manifestement un penseur libéral, parce qu'il ne semblait pas choqué par mon annonce. Avant que je puisse lui dire qu'il n'avait rien à craindre, je me retins de justesse de lui avouer que j'étais encore puceau, parce qu'il y avait des choses que l'on ne devait pas dire au père Noël, pas vrai ? Il se racla la gorge.

— Sois prudent, d'accord ? Ne prends aucun risque.

Il glissa alors sa main sous son manteau et en sortit un paquet enveloppé dans du papier rouge brillant, attaché avec un nœud de velours rouge. Il me le tendit.

— C'est un petit supplément pour toi.

Je contemplai le cadeau qu'il m'avait offert.

— Tu peux l'ouvrir maintenant. En réalité, je pense qu'il vaudrait mieux que tu ne l'ouvres pas demain matin.

Il toussota.

— Dans le cas contraire, tu pourrais avoir des explications à fournir.

Je défis le nœud, arrachai le papier. Et découvris… une boîte de préservatifs.

Oh mon Dieu.

— Je… je ne sais pas quoi dire.

Il se contenta de me sourire.

— Ça me donnera une chose de moins à craindre jusqu'à ce que je te retrouve au prochain réveillon.

Je lui souris en retour.

— Douze préservatifs ? Je doute d'en avoir utilisé la moitié d'ici là.

Il ricana.

— Une année, c'est très long.

Son regard s'écarquilla.

— Oh, il manque quelque chose.

Il glissa à nouveau sa main sous son manteau et en sortit un autre paquet, celui-ci en forme de tube. Il me le tendit.

— Tu en auras également besoin.

Je croisai son regard.

— Puis-je l'ouvrir demain celui-ci ?

Il faillit s'étouffer avec son whisky.

— Je ne ferais pas ça si j'étais toi.

Je déchirai l'emballage. Mon visage rougit.

— Oh. Oui. D'accord.

Je le plaçai à côté de la boîte de préservatifs. Le père Noël s'esclaffa de bon cœur.

— C'est bon de savoir que je n'ai pas à t'expliquer ce que c'est et à quoi ça sert.

Il se leva.

— Est-ce que tu désires toujours avoir un câlin de la part d'un homme intemporel ?

Je gloussai en me levant d'un bond.

— Bien sûr. Vous faites les meilleurs câlins au monde.

Il me tendit les bras, et j'eus le sentiment que je

me sentirais toujours en sécurité avec lui.

C'était bizarre. Je n'avais jamais été très doué pour me faire des amis, et j'espérais que cela changerait lorsque j'irais à l'université. Mais cet homme à la barbe blanche en costume rouge avait en quelque sorte réussi à se frayer une place dans mon cœur et représentait la chose la plus proche que je possédais d'un meilleur ami.

Et combien de personnes pouvaient prétendre ça ?

Quand j'avais 19 ans

1986

Cette année, j'étais là avant lui, pour allumer le feu et lui préparer un verre de whisky. Il me vint à l'esprit que j'étais un peu présomptueux, mais après sept veilles de Noël passées ensemble, je n'avais même pas imaginé qu'il ne puisse pas venir.

— Est-ce que c'est pour moi ?

Je souris en me retournant pour le voir debout, à côté du sapin.

— Absolument.

Il prit le verre et s'installa sur le canapé.

— J'espérais que tu serais à la maison pour les fêtes.

Je ricanai.

— Vous plaisantez ? Si j'avais dit à ma mère que je ne rentrais pas à la maison, mes couilles seraient accrochées à ce sapin, recouvertes de paillettes.

Je réalisai alors ce que je venais de dire.

— D'accord, désolé, c'est sorti tout seul.

Le père Noël fit un vague geste de la main.

— Tout va bien. C'est comme ça que les amis discutent entre eux, pas vrai ?

Les amis. Nous en étions sûrement. Cette pensée

me réchauffa de l'intérieur.

Je levai la tête vers le plafond. Je n'avais entendu aucun bruit dans la chambre de Ben lorsque j'étais passé devant. Maman lui avait donné notre ancienne chambre et m'avait installé dans celle réservée pour les amis. Je lui en étais reconnaissant. J'aimais beaucoup mon frère, lorsqu'il ne se comportait pas comme un connard suffisant, mais je n'avais absolument pas la moindre envie de partager ma chambre avec un ado de quinze ans.

Je me rappelais comment j'étais à quinze ans, avec l'huile pour bébé dissimulée sous mon matelas ainsi qu'une quantité astronomique de mouchoirs que je planquais dans la poubelle lorsque personne ne regardait.

— Vous savez ce qui est étrange ? Au cours des huit années qui se sont écoulées depuis notre première rencontre, personne ne nous a jamais entendu parler, ou n'est venu nous voir.

Les yeux du père Noël étincelèrent.

— Ce n'est pas dû au hasard. Je me suis assuré que nous ne serions pas dérangés.

Je fronçai les sourcils.

— Comment ?

Puis je levai les yeux au ciel. Question stupide. Par magie, bien évidemment.

— Dis-moi… comment ça se passe à l'université ?

Je m'appuyai contre les coussins du fauteuil.

— Ça se passe bien.

J'adorais mes études. J'avais commencé à sortir un peu de ma coquille, et je m'étais fait de bons amis. J'avais aussi rencontré mon lot de connards.

— Et voilà la question la plus importante. Est-ce que tu vois quelqu'un ?

Je soupirai.

— Pendant un moment… mais ça n'a pas duré.

Son soupir fit écho au mien.

— Désolé. Je n'ai pas la personne parfaite pour toi dans mon grand sac. Tu devras la trouver par toi-même.

Je souris.

— J'apprécie la pensée.

Il fronça les sourcils.

— Es-tu en sécurité ?

Je le lui assurai.

— Bien.

Il glissa une main sous son manteau, et je devinai ce qui allait arriver. Je gloussai lorsqu'il plaça le paquet emballé sur le coussin à mes côtés.

— Je peux les acheter moi-même, vous savez.

— Je sais, mais ça me fait plaisir.

Penser que j'étais en quelque sorte responsable de la joie du père Noël me remplit de chaleur.

— Ne t'inquiète pas. J'assure tes arrières.

Son ton confiant était rassurant. Devais-je lui dire ? Je souris. J'étais arrivé jusqu'ici. Il pouvait tout entendre.

— Vous voulez savoir ? Il y a quelqu'un que j'aimerais pouvoir attirer dans mes filets, mais je ne pense pas qu'il se retrouvera un jour dans votre sac. Ça ne se produira tout simplement pas.

— Pourquoi ça ?

Il croisa mon regard.

— Rien n'est impossible, si tu y crois.

Je pris une grande inspiration.

— Avoir le béguin pour son professeur d'anglais est à peu près impossible.

Il cligna des yeux. Et encore.

— Oh. Je vois.

Il inclina le menton.

— Alors, tu aimes les hommes plus âgés ?

— Oui.

Il ne m'avait pas fallu longtemps pour comprendre pourquoi ça n'avait pas duré plus de quelques semaines avec Mike. J'avais besoin de davantage de maturité, de plus d'expérience…

— J'ai hâte d'avoir vingt et un ans et de pouvoir aller dans un bar gay. Je pourrai alors rencontrer des hommes qui me plaisent vraiment.

Les yeux du père Noël brillaient d'intérêt.

— Ce professeur… comment est-il ?

Je souris.

— Je ne suis pas certain de devoir vous le dire, parce qu'il me semble que vous connaissez tout le monde.

Il posa une main sur son cœur.

— Je ne révèle jamais ce qui se trouve sous le sapin de quelqu'un d'autre. À l'exception du cadeau Superman de Ben.

Nous rîmes tous les deux. Je contemplai les flammes danser derrière la grille, luttant contre ce que je désirais ardemment révéler. Je savais ce que mes camarades de classe diraient s'ils apprenaient ce que je ressentais. Qui pouvait savoir si le père Noël ne penserait pas la même chose ? Il y avait un seul moyen de le découvrir.

— Il doit être dans la fin de la trentaine. Il a une barbe. Il est réfléchi, perspicace, amusant…

Je lui jetai un regard en biais.

— Je sais, ça semble bizarre qu'une personne de mon âge soit attirée par quelqu'un de vingt ans de plus.

Mes amis diraient qu'il était un vieux.

— Pas du tout. Si c'est ce que tu désires…

Il soupira.

— La vie humaine est si courte, si… fragile. Tu dois trouver le bonheur partout où tu le peux.

C'était juste sur le bout de ma langue.

Où puis-je trouver le bonheur ?

Le silence présent dans le salon me frappa de plein fouet. Le père Noël me contemplait, avec un regard qui me donnait l'impression d'être mis à nu.

— Tu veux toujours que nous nous rencontrions ainsi ? me demanda-t-il.

Un froid glacial se déversa sur moi.

— Pourquoi ? Vous voulez arrêter ?

— Non, pas du tout. Mais je n'aimerais pas que nous en arrivions au point où l'un d'entre nous, ou les deux désirent en rester là, mais que nous ayons tous les deux trop peur de blesser les sentiments de l'autre pour admettre quoi que ce soit.

Je laissai échapper un soupir soulagé.

— Dieu merci. Non, je suis plus qu'heureux que nous continuions à nous retrouver ainsi. Cependant, je sais que le jour viendra où je ne rentrerai plus à la maison pour les fêtes, et où vous ne me retrouverez plus ici.

Il sourit.

— Ne t'inquiète pas pour ça. Si tu veux toujours qu'on se voie, je te retrouverai, où que tu sois.

Un sentiment de paix s'installa en moi.

— Ça me rend heureux.

Je lui adressai un regard interrogatif.

— Même si je suis surpris que vous puissiez encore trouver du temps pour moi. Votre travail doit être plus harassant que jamais de nos jours.

— Peu importe à quel point c'est compliqué, je trouverai toujours du temps pour toi.

Le père Noël leva son verre.

— À l'amitié continue et à une tradition délicieuse.

Ses paroles me firent chaud au cœur.

Quand j'avais 22 ans

1989

Je ne cessais jamais de m'étonner que le père Noël ne vieillisse pas. Il apparaissait exactement comme il l'était lorsque j'avais douze ans, alors que moi, j'avais terriblement changé. J'essayais de me faire pousser la barbe, sans grand succès, mais ce n'était que les premiers jours, après tout. Maman s'en plaignait, disant que j'avais l'air beaucoup mieux rasé, mais je n'allais pas m'en débarrasser. J'étais arrivé deux jours avant Noël, et je partirais très tôt… mon nouveau patron était un dur à cuire, et si lui n'avait pas l'intention de prendre congé pour les fêtes, il ne voyait pas pourquoi quelqu'un d'autre devait le faire.

Bien entendu, j'avais mes propres raisons de ne pas vouloir m'éterniser, toutefois je ne comptais pas les partager. Non pas que j'aurais pu faire quoi que ce soit pendant la période des fêtes, puisque Jay n'était pas disponible, et savoir où il se trouvait ne faisait qu'accroître mon sentiment de culpabilité.

Ce n'est pas juste. Je ne devrais pas faire ça.

Lorsque minuit arriva, la veille de Noël, j'enfilai mon peignoir afin de pouvoir descendre, me demandant lequel d'entre nous arriverait en premier. Il contemplait le feu, si perdu dans ses pensées qu'il ne remarqua pas ma présence. Lorsqu'il le fit, il sourit.

— Comment va la vie de travailleur ?

Je reniflai.

— Puis-je retourner à mes études ?

— Je me suis demandé si tu serais ici, ou si tu comptais rester à Philadelphie.

Il y avait quelque chose dans son regard qui me fit comprendre qu'il savait ce qui se passait dans ma vie.

— Vous devriez le savoir. Ma mère a publié son décret habituel. Sois ici, ou ne viens pas.

Son regard se fit pensif.

— Toujours célibataire ?

J'étais désormais certain qu'il en savait bien plus qu'il ne le laissait croire, mais je n'étais pas prêt à lui parler de Jay.

— Comment se fait-il que vous ne parliez jamais de votre vie ? Je ne sais pas comment vous passez les 364 autres jours de l'année.

— Je me prépare pour cette nuit, évidemment.

Mon estomac se contracta, parce que je sus sans l'ombre d'un doute qu'il m'avait menti.

— Vous n'allez pas me le dire, n'est-ce pas ?

L'absence de son sourire familier fit dévaler un frisson le long de ma colonne vertébrale.

— Non, en effet. Mais tu ne me racontes pas non plus ce qui s'est passé au cours de ton année, pas vrai ? Tout ce à quoi j'ai droit, c'est un bref résumé.

Puis il sourit et je me détendis.

— Tu n'as aucune idée d'à quel point j'ai hâte de

venir te retrouver chaque année.

Je jetai un coup d'œil au canapé, ainsi qu'à la table.

— Pas de préservatifs, cette année ? le taquinai-je.

Il fit un vague geste du bras.

— Tu avais raison. Tu es assez vieux pour te les acheter toi-même.

Son regard se fit alors pénétrant.

— Je m'inquiétais pour toi.

— Pourquoi ?

— C'est arrivé en septembre. J'ai soudain eu le sentiment que tout n'allait pas bien pour toi. Je voulais savoir si tu allais bien.

Ma gorge se serra. OK, c'était étrange. J'essayai de déglutir, mais ma bouche semblait s'être asséchée. Il se leva, se dirigea vers l'armoire à liqueurs et nous versa deux verres de whisky. Il m'en tendit un.

— Tu es assez vieux pour ça, toi aussi.

Je sirotai, essayant de ne pas m'étouffer lorsque l'alcool me brûla la gorge.

— Comment se fait-il que mon père ne remarque jamais qu'il y a moins de whisky dans la bouteille après vos visites ?

Il ricana.

— Tu connais déjà la réponse.

L'expression de son visage se fit grave.

— Que s'est-il passé en septembre ?

J'avalai une gorgée.

— J'ai reçu une terrible nouvelle, c'est tout. Quelqu'un que je connaissais à la fac. Il est mort.

Mon regard croisa le sien.

— Du sida.

Il se figea.

— Est-ce que lui et toi avez jamais… ?

Je soupirai.

— Oui, une fois. Et rien que le simple fait d'y penser me donne des frissons.

— Pourquoi ?

— Il ne voulait pas se protéger, j'ai insisté.

Il frissonna à son tour.

— Je m'en réjouis. Je suis désolé pour ta perte, mais je suis content que tu sois encore là. Maintenant, pourquoi ne me dis-tu pas pourquoi tu essaies si fort de me cacher quelque chose ?

J'aurais dû savoir qu'il me percerait à jour.

— J'ai rencontré quelqu'un. Nous travaillons ensemble.

Il fronça les sourcils.

— Alors, pourquoi est-ce que tu n'es pas heureux ? Parce que tu ne l'es pas, pas vrai ?

Je secouai la tête.

— C'est compliqué.

Il s'enfonça dans le fauteuil.

— Je ne vais nulle part. Raconte-moi.

— C'est un homme marié. Avec des enfants.

Il écarquilla les yeux.

— Savais-tu qu'il était marié lorsque tu as commencé à sortir avec lui ?

Je croisai son regard.

— Non. Je ne ferais jamais ça. Nous étions

ensemble depuis environ six mois… quand sa femme est arrivée au bureau. Puis que quelqu'un a demandé si leur fils allait mieux, parce qu'apparemment il était tombé de son vélo.

Je déglutis.

— Je n'en avais pas la moindre idée. Je voulais en rester là, mais il m'a supplié… et lorsque maman m'a demandé si je rentrais à la maison pour les fêtes, je n'étais pas vraiment d'humeur, mais je savais que lui serait avec sa propre famille.

— Il est plus âgé ?

Je hochai la tête.

— Plus âgé, sexy… et apparemment bisexuel.

— Et maintenant que tu es au courant…

Il ne rompit pas le contact visuel.

— Est-ce que tu vas rester avec lui ? Parce que peu importe à quel point il te supplie. Si tu n'es pas heureux, romps avec lui.

Je poussai un profond soupir.

— Vous avez raison, bien sûr. C'est un gentil garçon…

— Qui trompe sa femme, renchérit le père Noël. Et tu ne sembles pas être le genre d'homme qui se contenterait de ce genre de situation.

Je ne pus m'empêcher de sourire.

— Alors je suis un homme, maintenant ?

Il me rendit mon sourire.

— Bien sûr. Le garçon que j'ai rencontré pour la première fois dans ce salon est devenu un homme attentionné et très gentil.

Il m'observa fixement.

— Qui n'hésite pas à faire ce qu'il sait être juste.

Le souffle me manqua.

— Est-ce que tu l'as dit à tes parents ?

— Bon Dieu, non. Mais peut-être qu'il est temps qu'ils apprennent que je suis gay.

— Ils s'inquiéteront pour toi, quoi qu'il arrive. La vie d'un homme gay est précaire de nos jours.

Je me servis un autre verre.

— Vous devriez peut-être vérifier dans votre sac. Vous savez, au cas où il y aurait un bel homme plus âgé qui se cacherait dans l'un des recoins.

Le père Noël me prit la main.

— Crois-moi, j'aimerais que ce soit possible. Mais je n'imagine pas l'expression sur le visage de tes parents s'ils descendaient le matin de Noël pour découvrir un homme emballé sous le sapin.

Il pressa ma main.

— J'espère que nous nous rencontrerons dans des circonstances plus heureuses à l'avenir.

J'avais pris ma décision. J'allais retourner à Philadelphie, aller au travail, et rompre avec Jay. Ce que nous faisions n'était pas juste envers sa femme, sa famille, et encore moins envers moi. En réalité, une partie de moi avait toujours su que j'allais rompre, même si Jay me suppliait de ne pas le faire.

Le père Noël me connaît mieux que Jay. Il savait que je ferais le bon choix.

Encore une veille de Noël qui s'achevait, et il n'avait toujours pas mentionné la mère Noël. Pas une seule fois. Une terrible pensée me gagna.

Et si elle était morte ?

Comment pourrait-elle l'être ? S'il était immortel, elle devait l'être aussi.

Ce fut à ce moment-là qu'une prise de conscience me frappa.

Combien de temps vivra-t-il ainsi ? Jusqu'à ce que les gens ne croient plus en lui ? Jusqu'à ce qu'il ne soit plus qu'un mythe ?

Mon cœur se serra pour lui. Je recouvris sa main de la mienne.

— Si jamais vous avez besoin de partager… quoi que ce soit… vous pouvez venir m'en parler, d'accord ? Parce que je serai toujours là pour vous.

À ma grande surprise, son regard brilla de larmes contenues.

— Merci. Parce que je sais que tu penses ce que tu dis.

Il retira sa main.

— Maintenant, je dois m'en aller.

Il se leva, je le rejoignis.

— Profite de ton temps en famille. Et ne pense pas à ce qui t'attend chez toi. Ne laisse pas Jay te forcer à rester avec lui, pas si tu as décidé d'y mettre un terme.

Il me regarda droit dans les yeux.

— Parce que c'est ce que tu as décidé, pas vrai ?

Je hochai la tête.

— Merci de m'avoir écouté. Il n'y avait personne d'autre à qui je pouvais en parler.

— Je suis heureux d'avoir pu être là pour toi.

Et juste comme ça, il s'en était allé.

À peine avait-il disparu que je me rendis compte

des bruits présents dans toute la maison : les grincements que toute maison faisait après un certain temps, le tic-tac de l'horloge, le sifflement d'un hibou dehors… je réalisai également que je n'avais rien entendu pendant que nous bavardions. Je repensai à toutes nos rencontres précédentes. Pourquoi n'avais-je jamais remarqué l'absence de son ?

Probablement parce que j'avais toujours été trop absorbé par nos discussions.

Arrête-t-il le temps, ou le ralentit-il ?

C'était une des explications possibles. Et cette théorie me mena sur une autre voie.

Est-ce que j'arrête de vieillir quand je reste avec lui, ne serait-ce que pour un court instant ?

C'était une étrange pensée…

Quand j'avais 28 ans

1995

Mon téléphone sonna. Je regardai mon écran. Ma mère, encore.

Est-ce que tu t'hydrates correctement ? Prends du Tylenol au besoin. Essaie de dormir.

Fort heureusement, je n'avais pas la force de prendre mon portable pour lui répondre quelque chose du genre : *je voudrais dormir, mais tu continues à m'envoyer des messages.* Je fermai les yeux alors que de violents frissons secouaient mon corps. Je ne pensais pas avoir jamais été aussi malade. Je remontai la couverture sur mes épaules, m'émerveillant de pouvoir être à la fois glacé et en feu.

Je remarquai alors que mon horloge s'était arrêtée. Tout comme le bruit du trafic à l'extérieur.

J'ouvris les yeux. Il était là, debout à côté de mon lit. J'essayai de m'asseoir, mais il me repoussa d'une main douce mais ferme.

— Qu'est-ce que vous faites ici ? m'écriai-je.

— J'ai eu peur quand je suis allé chez tes parents et que tu n'étais pas là.

Il s'installa sur le bord de mon matelas.

— Tu as l'air très mal en point.

Je devais sentir mauvais également. Mes draps étaient trempés de sueur, tout comme les taies d'oreiller.

— J'ai la grippe. Comme beaucoup de gens, apparemment. Et c'est une très mauvaise grippe.

— C'est ce que j'ai cru comprendre.

Il tendit la main pour me toucher le front. Je saisis son poignet.

— Ne vous approchez pas trop, dis-je en m'écartant précipitamment. Je ne veux pas que vous tombiez malade à votre tour.

Il sourit.

— Je ne peux pas attraper les maladies humaines.

Il regarda le réveil sur la table de nuit.

— Écoute, il y a des choses que je dois faire, mais je vais revenir, d'accord ? En attendant, essaie de dormir.

Je parvins à renifler.

— Oui, maman.

Mon Dieu, j'avais mal, partout. Le père Noël me caressa le front.

— Dors.

Le mouvement apaisant de ses doigts sur ma peau alourdit mes paupières. Je restais là, à m'enfoncer de plus en plus dans le sommeil, ma douleur diminuant à chaque contact de ses doigts.

Même ses doigts sont magiques.

Quelque chose de doux et de frais effleura mon front. J'ouvris les yeux. Le père Noël était assis à côté de moi et tamponnait mon front avec un gant de toilette qu'il avait humidifié.

— Tu te sens mieux ?

— Beaucoup mieux.

Je humai l'air.

— Pourquoi est-ce que je sens… de la soupe au poulet ?

Il ricana.

— Parce qu'il se trouve qu'il y en a un bol sur ta table de nuit. Et que tu vas tout manger.

— Vous n'avez pas le temps de jouer à l'infirmière, protestai-je. Je sais quel soir on est. Vous avez trop à faire.

Il fronça les sourcils.

— Tu veux que je parte ?

— Non, mais…

— Alors tais-toi et laisse-moi prendre soin de toi.

Il effleura à nouveau mon front du bout des doigts.

— Laisse-moi décider si j'ai suffisamment de temps pour jouer à l'infirmière.

Son regard étincela.

— Seulement, ne t'attends pas à ce que je me déguise. Un costume à la fois, s'il te plaît.

— Mais vous avez des cadeaux à livrer !

Je ne pouvais m'empêcher de penser à tous ces enfants qui allaient être déçus, en se réveillant le matin de Noël et en découvrant que les cadeaux qu'ils attendaient n'étaient pas présents. Il repoussa mes cheveux humides.

— Non. Où crois-tu que je sois allé lorsque je suis parti ? J'ai utilisé toute la magie en ma possession pour tout faire, et il m'en reste juste assez pour me reconduire chez moi. Donc, ce que je ferai pendant que je resterai ici sera exécuté sans magie.

— Et où se trouve votre maison ? Au pôle Nord ? Ou est-ce que c'est un mythe, comme celui de Rudolph ?

Lorsqu'il ne répondit rien, je soupirai.

— Vous n'allez pas me le dire.

Il sourit.

— Tu apprends. Maintenant, je vais t'aider à t'asseoir, ensuite je vais t'aider à manger cette soupe. Et tu ne vas plus protester, tu entends ?

Je savais quand admettre ma défaite.

— OK.

Son visage s'illumina.

— Tu es un homme bon. Nos conversations peuvent attendre l'année prochaine. Pour l'instant, concentrons-nous sur ta guérison.

Depuis l'extérieur, je commençais à capter les sonorités du trafic qui avait été atténué.

— Vous ne plaisantiez pas, murmurai-je en me réinstallant sur mes oreillers.

— Hmm ?

— Vous avez vraiment utilisé toute votre magie. Vous n'avez pas arrêté le temps, cette fois.

Il retint son souffle.

— Comment as-tu…

Il secoua la tête.

— Tu es vraiment un jeune homme remarquable, Anthony Gordon. J'ai la chance de t'avoir comme ami.

Il plongea la cuillère dans le bol.

— Fini de discuter.

Je m'assis sur le lit pendant qu'il me donnait de la soupe au poulet, et même si tout ceci semblait surréaliste, c'était également merveilleux.

— Combien de temps pouvez-vous rester ?

— Je serai parti à l'aube. Alors repose-toi. Je gère.

Je contemplai sa barbe qui n'avait pas changé en seize années.

— Puis-je…

Je m'arrêtai sur ma lancée.

— Est-ce que tu peux quoi ?

— Puis-je toucher votre barbe ?

Un doux soupir s'échappa d'entre ses lèvres.

— Oui.

Je tendis la main, les doigts tremblants, et je m'autorisai enfin à caresser ses poils soyeux. Il sembla retenir son souffle pendant que je le faisais, et je trouvai cela captivant.

— Y a-t-il quelqu'un d'autre qui a déjà fait ça ?

Il ne répondit pas. Enhardi, je caressai sa joue.

— Vous n'allez pas me le dire, pas vrai ?

Il sourit en s'écartant doucement de moi.

— Non, en effet. Je suis certain que tu as toi-même des secrets. Moi aussi. Nous en avons tous.

Il ramassa ensuite la cuillère.

Je comprenais.

La soupe devait contenir un soupçon de sa propre magie, parce qu'à chacune des bouchées que j'avalais, je me sentais mieux. Avant même de m'en rendre compte, j'avais fini le bol. Il m'aida ensuite à me rallonger, puis remonta la couverture jusque sous mon menton.

— Dors, mon ami.

Je n'arrivais plus à faire fonctionner ma langue, ce qui était probablement une bonne chose. Parce que la dernière chose que je voulais était d'avouer au père Noël qu'il était l'ami le plus sexy au monde.

Je décidai de mettre cela sur le compte de ma fièvre.

Je délirais un peu.

Voilà tout.

Quand j'avais 33 ans

2000

Je roulai sur le dos. Kris était allongé à côté de moi, face à la fenêtre, la longue ligne de son corps dissimulée sous deux épaisseurs de couverture. Je ne pus m'empêcher de sourire.

Pauvre bébé. Il a froid.

J'écoutai le rythme de sa respiration, jusqu'à ce que je réalise que je ne pouvais plus l'entendre. Je ne pouvais plus rien entendre.

Ça ne pouvait signifier qu'une seule chose.

Je rejetai les couvertures et me tortillai pour enfiler un short à la va-vite, puis mon peignoir, avant de me diriger vers la porte. Dès que je franchis le seuil du salon, je pus sentir cette odeur familière.

Il est là.

Je jetai un coup d'œil dans la pièce. Et le découvris en train de contempler le sapin.

— Vous m'avez trouvé.

Je n'avais emménagé dans cet appartement que trois mois auparavant. Il se tourna vers moi avec un sourire.

— Je peux te trouver n'importe où. Bel appartement.

— Merci.

J'y travaillais encore, mais je commençais enfin à m'y sentir chez moi.

— Pourquoi est-ce que tu n'es pas chez tes parents ? Il n'y a pas eu de décret cette année ?

Je ricanai.

— Les choses sont un peu agitées là-bas. Ben va épouser sa petite amie, Layla, dans une semaine, et la maison est sens dessus dessous. Il y a des cadeaux de mariage, le gâteau… nous nourrir tous le jour de Noël était la dernière chose dont ma mère avait besoin. De plus, elle désirait avoir un peu de répit avant le mariage.

Je secouai la tête.

— Elle a acheté trois tenues différentes.

Il cligna des yeux.

— Je sais que c'est un mariage du Nouvel An, mais n'aura-t-elle pas trop chaud avec tous ces vêtements ?

Je reniflai à l'image mentale de ma mère portant les trois robes, les chapeaux et les vestes.

— Je pense qu'elle va finir par décider laquelle porter.

Il contempla à nouveau le sapin.

— Waouh. Il est vraiment magnifique. Comment as-tu fait ? As-tu suivi un cours sur la taille des sapins de Noël ?

Je posai mes mains sur mes hanches.

— Qu'est-ce que vous sous-entendez par là ? Que je suis nul pour couper les sapins habituellement ? Parce que ça m'en a tout l'air.

Il leva ses deux mains.

— Ce n'est évidemment pas ce que je dis. Ne t'ai-je pas dit à quel point il était magnifique ? Je suis vraiment impressionné par tes compétences.

Merde !

— Pourquoi ne puis-je jamais vous mentir ?

Je soupirai.

— Écoutez, ce n'est pas mon œuvre, d'accord ?

Je m'approchai du buffet, récupérai une photo encadrée et la lui tendis.

— C'est la sienne.

Le père Noël contempla la photo de Kris et moi, assis à la table, le repas de Thanksgiving devant nous. Il fronça les sourcils.

— Un gars plus âgé ? Quel choc !

Mon regard s'assombrit.

— Vous savez, à chaque année qui passe, vous êtes de plus en plus sarcastique.

Je ne m'en plaignais pas. Notre relation était devenue détendue et confortable, et le fait que je me sentais libre de dire tout ce qui me passait par la tête en disait long.

— Alors ? Qui est-il ?

Il me rendit la photo.

— Est-ce que c'est sérieux ?

Je la contemplai avec tendresse.

— Il s'appelle Kris. Et oui, je pense que c'est sérieux.

Assez sérieux pour que mon lit soit devenu le sien.

— C'est génial.

Je le regardai attentivement.

— Vous voulez réessayer ?

Il fronça les sourcils.

— Que veux-tu dire ?

— Vous avez peut-être dit que c'était génial, mais votre ton ne correspondait pas tout à fait à cette déclaration. Voulez-vous essayer d'être un peu plus sincère ?

Qu'est-ce qui n'allait pas chez lui ? Kris était un type super. Tout le monde n'était pas d'accord avec ça, mais il s'agissait juste de mes parents. Et ces derniers s'habituaient encore à l'idée d'avoir un fils gay.

— Hé, je le pensais. Je suis heureux pour toi. Il était temps que tu te trouves quelqu'un. Est-ce qu'il vient ici demain pour passer la journée avec toi ?

Il se figea alors.

— Oh ! Pas besoin. Il est déjà là.

— Il a emménagé la semaine dernière.

Il me désigna l'armoire à liqueurs.

— Est-ce que je peux ? C'est la veille de Noël, après tout.

Je m'empressai de lui servir un whisky. Il sourit lorsqu'il aperçut la bouteille, et juste comme ça, il redevint le père Noël avec qui j'avais grandi.

— Tu t'en es souvenu.

Je lui tendis son verre, puis je désignai le canapé. Nous nous y installâmes.

— Est-ce que vous avez terminé pour ce soir ?

Il hocha la tête.

— Je me suis assuré d'avoir du temps pour toi.

Son regard se tourna vers l'endroit où j'avais reposé la photo.

— Comment vous êtes-vous rencontrés ?

— Lors d'une fête. La pendaison de crémaillère de Ben.

— Est-ce que tes parents l'ont rencontré ?

— Bien sûr. Cette photo a été prise chez eux.

Il avala un peu de son whisky.

— Alors c'est que ce doit être sérieux. Je veux dire, s'il a emménagé chez toi.

Il reposa son verre.

— Tu sais quoi ? Je viens de réaliser quelque chose. J'ai un autre sac de cadeaux qui n'ont pas été encore distribués. Je ferais mieux de m'y mettre.

— Vous venez juste d'arriver.

Mon cœur se serra.

— Je sais, mais j'ai un travail à faire.

— Est-ce que vous allez revenir ?

Mon cœur battait la chamade. Quelque chose n'allait pas.

— Je ne crois pas. Ça pourrait me prendre un certain temps. Passez une bonne journée tous les deux, demain.

Et avant que je ne puisse l'arrêter en lui demandant de rester un peu plus longtemps, il disparut.

Je contemplai son verre de whisky.

Il ne l'a même pas terminé.

Je n'étais pas un expert, mais cette sortie précipitée démontrait que le père Noël venait de prendre la fuite.

Pourquoi ?

Quand j'avais 35 ans

2002

Je me servis un verre de whisky, me demandant si je devais en remplir un second.

Serait-il là ? Sa visite de l'année précédente avait été encore plus courte que celle d'avant. Peut-être qu'il en avait marre de nos conversations. Si c'était le cas, c'était vraiment dommage, parce que j'avais plus que jamais besoin de mon ami.

La magie du père Noël peut-elle guérir un cœur brisé ?

L'horloge s'arrêta, le bruit de la circulation s'atténua. Je souris malgré mon humeur morose.

— Je suis allé à ton appartement. Quelqu'un d'autre y vit.

— Sans doute parce qu'on me l'a racheté.

Je désignai du doigt l'armoire à liqueurs.

— Faites comme chez vous.

Il se tenait à côté du sapin. Il l'observait.

— C'est toi qui as coupé celui-ci, n'est-ce pas ?

Ses lèvres tremblèrent. Mon Dieu, c'était si bon de le voir. Je gloussai.

— Ça se voit tant que ça ?

— Pourquoi Kris ne l'a pas fait ?

Il se servit du whisky.

— Ce serait un peu compliqué. Il se trouve actuellement à Aruba, avec son petit ami.

J'avalai une longue gorgée. Le père Noël me fixa, abasourdi.

— Mais…

Il déglutit.

— Tu semblais si heureux la dernière fois que je t'ai vu.

Je soupirai.

— Oui, je l'étais, jusqu'au moment où j'ai découvert que ce salaud me trompait. En réalité, il le faisait depuis un an.

— Mais pourquoi vendre l'appartement ?

— Parce que chaque fois que je m'y trouvais, tout ce que je pouvais voir, c'était lui, d'accord ?

Je ne me donnais pas la peine de baisser d'un ton. Je savais que personne ne m'entendrait.

— J'ai un nouveau travail, soit dit en passant. Maintenant, je vis dans cette petite ville pittoresque appelée New Hope. C'est un bel endroit. Vous adoreriez. Je suis surpris que vous ne le sachiez pas déjà. Mais peut-être que vous ne me surveillez plus de près comme vous le faisiez auparavant.

Un autre verre de whisky. C'était mon deuxième, et à en juger par la manière dont je me sentais, ça devait être mon dernier. J'entendis l'accroc dans sa respiration, alors je jetai un coup d'œil dans sa direction. L'expression douloureuse présente sur son visage me piqua au vif.

— Quand tu parles du fait de ne pas te surveiller… je ne voulais pas que tu penses que je te harcèle.

— Mais vous me surveillez, n'est-ce pas ?

— Ce n'est pas exactement de la surveillance. Je ressens juste si tu traverses… des turbulences.

Je reniflai.

— J'imagine que le jour où j'ai découvert que Kris me trompait, il y en a eu beaucoup.

— Tu as raison.

Il soupira.

— Tu n'as pas la moindre idée de l'effort qu'il m'a fallu pour ne pas venir ici et te poser des questions, simplement pour apprendre ce qui s'était passé. J'essayais d'agir de manière nonchalante.

— Dans ce cas, vous avez réussi.

Un autre verre. La douleur était encore imprimée sur son visage.

— Tu souffres.

— Oui, mais je vais guérir. Je dois juste me trouver un homme plus âgé, ajouter une autre encoche à mon tableau de chasse et oublier ce connard.

Mes mots sortirent de façon plus désinvolte que je l'avais voulu, mais c'était ce que je ressentais.

Je dois baiser. Beaucoup.

Et je devais également changer de sujet.

— Quoiqu'il en soit, maman m'a proposé de rester pour les fêtes. J'ai vu son offre pour ce qu'elle était, un rameau d'olivier.

— Ils ne se sont jamais montrés chaleureux avec Kris ?

— Non, jamais. Mais pour être honnête, ils n'ont pas mentionné son nom une seule fois depuis mon arrivée. Ils sont trop occupés à roucouler avec mon neveu et ma nièce.

— C'est merveilleux.

— Ben et Layla ont finalement fait d'eux des grands-parents. Je pense qu'ils commençaient à désespérer.

Il sirota son whisky.

— Tu as déjà pensé à avoir des enfants ?

Je haussai les épaules.

— Oui. Je m'y oppose.

Et pour une raison étrange, je ne me sentais pas à l'aise à l'idée de discuter de ça. Ben était le bienvenu pour avoir autant d'enfants qu'il le désirait. Layla pouvait bien se transformer en poule pondeuse si ça lui chantait.

Peut-être que certaines personnes n'étaient pas faites pour avoir des enfants.

Ce n'était pas une réalisation que j'étais désireux de faire en présence du père Noël. Après tout, c'était l'homme qui aimait le plus les enfants au monde, pas vrai ?

Il était temps de changer de sujet. Je l'observai.

— Comment allez-vous ?

— Je vais bien.

Il avait l'air identique, mais… est-ce que j'imaginais les quelques rides de plus sur son front ? La légère courbure descendante de ses lèvres ? Les taches sombres sous ses yeux ?

Ça devait être mon imagination. Cet homme ne pouvait pas changer, n'est-ce pas ?

Tout de même…

Je reposai mon verre.

— Depuis combien de temps sommes-nous amis ? Depuis plus de vingt ans, c'est ça ? D'accord, cela équivaut à quoi, trois semaines de réveillons de Noël lorsqu'on les additionne. C'est suffisant pour que je sache lorsque vous mentez.

Je croisai son regard.

— Et vous êtes en train de me mentir.

Il aurait tout aussi bien pu être une statue. Finalement, il répondit :

— J'adore mon travail.

— Heureux de l'entendre. Parce que si ce n'était pas le cas après tout ce temps, ce serait vraiment dommage.

— Mais il y a une chose dans ma vie que j'aimerais pouvoir changer.

— Et qu'est-ce que c'est ?

Il désigna le salon.

— Ça. Discuter. Prendre un verre de whisky. Et ne pas pouvoir te dire grand-chose. J'aimerais pouvoir partager plus de ma vie avec toi.

Il se releva sur ses pieds, plus rapidement que je ne l'en aurais cru capable.

— Cependant, peut-être que je le peux. Viens avec moi.

Je clignai des yeux.

— Est-ce que nous allons quelque part ? Je suis à peine habillé pour… eh bien, aller quelque part.

Il n'y avait rien sous mon peignoir, pour commencer. J'avais abandonné le port du pyjama il y a des années. Le père Noël claqua des doigts et nous

nous retrouvâmes dans la neige, à côté de…

— Oh mon Dieu !

Le traîneau était d'un rouge étincelant, avec un siège rembourré qui semblait extrêmement confortable. Je vis alors les rênes en cuir noir qui se trouvaient sur l'avant pour…

Huit rennes. Huit monstrueux rennes. Leurs bois foncés tranchaient avec le paysage blanc enneigé qui les entourait. Leur pelage était un mélange de brun foncé et de blanc, quasiment étincelant. Huit têtes se tournèrent dans ma direction, huit paires d'yeux bruns croisèrent mon regard. Je me faisais clairement étudier.

— Tu savais comment je me déplaçais, pas vrai ?

La voix du père Noël ne dissimulait pas son amusement.

— Bien sûr, mais je suis en train de les voir vraiment, pas vrai ? Je veux dire, elles ?

Je levai la main.

— Bonsoir, Mesdames. Vous avez l'air en forme.

Celle qui se trouvait en tête du traîneau secoua son museau et le son qui s'échappa de sa gueule… elle se moquait de moi.

— Grimpe.

Il me fallut une seconde ou deux pour que ses paroles s'impriment en moi.

— Je vous demande pardon ?

Le père Noël désigna le siège.

— J'ai dit : grimpe. Si tu as froid, accroche-toi à moi. Je dégage suffisamment de chaleur pour deux.

Cela me frappa alors.

Il était en train de m'inviter à faire un tour dans le traîneau du père Noël.

Vingt-trois années s'étaient écoulées, pourtant je me sentais aussi excité que le garçon de douze ans qui était entré dans son salon pour découvrir quelque chose qui avait changé le cours de son existence.

— Bien sûr.

Il y grimpa, je le suivis. Je frissonnai. Il fronça les sourcils.

— Tu as froid. J'aurais dû te laisser t'habiller.

— Bien sûr que j'ai froid. Je suis nu là-dessous.

Il y avait très peu de risques qu'une partie de mon anatomie inférieure se manifeste. Je craignais plutôt qu'elle ne se ratatine à la taille d'une noix. Les joues du père Noël rougirent.

— Mais vous avez dit que vous aviez suffisamment de chaleur pour deux, lui rappelai-je.

Il enroula son bras autour de moi.

— Nous n'irons pas très loin, ce sera juste un court voyage cette fois.

— Cette fois ?

Il souriait.

— Crois-moi, tu vas me supplier de recommencer. Et tu sais quoi ? Nous le ferons probablement.

Ensuite, il prit les rênes entre ses mains et se redressa.

— Allons-y, les filles.

Elles se mirent toutes en mouvement, haletèrent, tapèrent des pieds et, oh mon Dieu, nous décollâmes. Le monde d'en bas s'éloigna, et je m'agrippai au père

Noël, mes doigts s'enfonçant dans sa cape toute douce. Je souhaitais que son bras s'enroule à nouveau autour de moi. Les rennes, tirant contre leurs harnais, se dirigèrent vers le ciel noir parsemé d'étoiles.

Et nous étions là, à survoler les collines, les champs, les villes, des endroits recouverts de ténèbres, d'autres éclairés par des lampadaires, des fenêtres, des phares… au-dessus de nous, un avion traversa le ciel, emmenant ses passagers Dieu seul savait où. Les animaux instaurèrent lentement une vitesse plus confortable, et le père Noël s'assit, tenant toujours les rênes dans une de ses mains.

Un autre frisson me traversa. Il enroula une fois de plus son bras autour de moi.

— C'est mieux ?

— Beaucoup mieux.

La chaleur émanait de lui. Je posai ma tête sur son épaule, écoutant les clochettes suspendues aux harnais qui tintaient joyeusement. Je jetai un coup d'œil vers le bas, essayant de repérer notre emplacement, mais la nuit qui était tombée en contrebas rendait ma vision difficile. Il s'esclaffa.

— Je fais ça depuis si longtemps que je pourrais le faire les yeux bandés.

Il m'observa.

— Mais ça, c'est une première.

— Vous n'avez jamais emmené quelqu'un d'autre ?

— Jamais.

Mon cœur se gonfla de fierté.

— Waouh. Vous savez comment vous y prendre pour faire qu'un type se sente bien.

La terre en dessous de nous devint à nouveau visible, et je réalisai que nous étions en train d'atterrir.

— Si vite ?

Je mourais d'envie de rester là-haut, de profiter de toute cette magie un peu plus longtemps.

De son bras autour de moi.

— J'ai dit que ce serait un court voyage.

Le traîneau s'inclina lorsqu'il tira sur les rênes, et les rennes se posèrent gracieusement sur le sol, atterrissant sur la neige, là où elles avaient décollé. Il se tourna vers moi.

— Est-ce que ça t'a plu ?

— Non, annonçai-je avec sérieux.

Puis j'éclatai de rire.

— J'ai adoré. Et maintenant, j'ai tellement hâte d'être à l'année prochaine.

— Je te promets que le voyage sera plus long. Et je te laisserai même choisir où nous irons.

— Sérieusement ?!

Toutes mes pensées au sujet de mon ex s'étaient envolées, remplacées par le souvenir de ce vol dans le ciel nocturne, le bras du père Noël enroulé autour de moi.

Son bras puissant.

Sa chaleur.

Malgré le froid, mon sexe tressauta, et ce fut à ce moment précis que je réalisai quelque chose d'important.

Tous les hommes avec qui je sortais ? Tous ces hommes qui m'attiraient ?

Ils ressemblaient tous au père Noël.

Quand j'avais 40 ans

2007

Le père Noël s'installa dans le fauteuil.

— Tu as vraiment bien fait les choses avec cet endroit. J'aime beaucoup.

Cette petite maison était parfaite pour moi. J'étais suffisamment proche de la rivière pour pouvoir l'entendre la nuit, lorsque ma fenêtre était ouverte. New Hope était une ville LGBTQ+ friendly, avec une mer de drapeaux arc-en-ciel partout où vous regardiez. Il y avait des boutiques pittoresques, des cafés, des restaurants…

Mon trajet jusqu'au travail n'était pas une corvée et j'adorais sincèrement mon job.

C'était gagnant-gagnant.

Mais pas tout à fait.

Mon ami me rendait visite seulement une fois par an, sans pour autant rien me dire sur sa vie.

Ça commençait à m'inquiéter.

— Alors… la quarantaine.

Le père Noël sirota son whisky.

— Si je dois me montrer honnête, je ne savais pas à quoi m'attendre.

Lorsqu'il m'adressa un regard empli de curiosité, je haussai les épaules.

— Ne dit-on pas que la vie commence à quarante ans ?

— C'est vrai. Personnellement, je pense que ce n'est qu'un chiffre de plus. Ils ont tendance à disparaître après un certain temps.

Je penchai la tête sur le côté.

— Vous souvenez-vous avoir eu quarante ans ?

Il contempla son verre.

— Oui, grâce à l'une des choses que je maudis parfois au sujet de mon existence… ma mémoire cristalline.

Mon Dieu.

— Ça doit faire beaucoup de souvenirs à porter.

— Beaucoup d'autres choses également… des regrets, du désespoir…

Mon cœur se serra.

— Qu'espériez-vous lorsque vous aviez mon âge ?

Je me frottai la tête.

— Personnellement, j'espérais avoir plus de cheveux que ça.

— Oh, je ne sais pas…

Son regard pétilla.

— J'aime bien. Et tu as toujours ta barbe.

— Oui, mais elle comporte plus de gris. Je pensais à la colorer.

Il inspira profondément.

— Ne t'avise pas de faire ça.

Je clignai des yeux. Je ne m'attendais pas à recevoir une objection aussi véhémente de sa part. Il aimait le gris ? Il continua à boire son whisky, comme si sa réaction était parfaitement normale.

— Je crois vous avoir posé une question.

Il prit son verre à deux mains.

— Je suppose que j'espérais être heureux. Amoureux.

S'il ne se montrait pas plus ouvert, j'allais devoir faire le premier pas.

— Puis-je demander… comment c'est arrivé ? Je veux dire, le fait de devenir père Noël ? Je suis presque certain que vous n'êtes pas né en étant le père Noël.

— Non, en effet. Mais…

Il déglutit.

— Je ne peux pas en parler. Il y a des règles.

— Sérieusement ?

Il hocha la tête.

— Qui les a écrites ?

— Je ne peux pas en parler non plus.

— Y a-t-il des règles sur les trajets en traîneau ?

Il toussota. Je secouai la tête.

— Je vois. Vous avez enfreint l'une de ces règles, pas vrai ?

Il leva sa main.

— Tout va bien. Nous sommes restés dans ce royaume.

Les choses venaient de devenir intéressantes.

— Il y en a un autre ?

Il hocha à nouveau la tête.

— Oui, c'est là-bas que je vis, les 364 autres

jours de l'année.

Il n'y avait aucun moyen pour moi de retenir ma question.

— Et comment est cet endroit ?

Il posa sa tête contre le coussin du fauteuil.

— Le temps est toujours le même. Ce qui peut être génial ou effrayant.

Je me raclai la gorge.

— Je sais que vous n'en parlez jamais, mais… dites-moi que vous n'êtes pas tout seul dans cette autre dimension ? Dites-moi que vous avez quelqu'un.

— Je ne suis pas seul, m'assura-t-il. Et oui, j'ai des « travailleurs » pour m'aider. Mais ce ne sont pas des lutins.

Il demeura silencieux.

— Vous n'allez pas me dire ce qu'ils sont, déclarai-je.

— Non. Les règles, tu te souviens ?

— Vous n'avez toujours pas répondu à ma question. Ne pas être seul n'est pas la même chose qu'avoir quelqu'un dans sa vie.

Sa pomme d'Adam tressauta brusquement.

— Je ne peux pas en parler, d'accord ? Changeons de sujet. Comment vont tes parents ? Comment se porte ton frère ? Pete et Becca doivent avoir cinq ans maintenant. Comment trouvent-ils la vie en Europe ?

Je le contemplai fixement.

— Si vous savez que Ben les a emmenés en Europe, alors vous savez exactement quel âge ils ont.

Et ils vont tous bien. Enfin…

Mon estomac se retourna. Que me cachait-il ? Était-ce si terrible qu'il ne pouvait pas le partager avec moi ? Non pas qu'il était le seul à cacher des choses. Ses sourcils se froncèrent.

— Il semble y avoir un doute dans ton esprit.

J'aurais dû savoir que je ne pouvais rien lui cacher.

— Ma mère… traverse une mauvaise passe. Des problèmes de santé.

Il écarquilla les yeux.

— Mais elle va bien ?

— Oui. Du moins, c'est ce que je crois. Elle ne cesse de me dire qu'il lui reste des décennies à vivre. Ce qui est formidable, car elle n'a que soixante-six ans.

Même si je commençais à me demander pourquoi elle me le répétait chaque fois que je la voyais.

— Quant à mon père… il est toujours le même. Ils continuent de semer des indices.

— De quel genre ?

Je souris.

— As-tu déjà essayé certains groupes de rencontres ? Qu'en est-il des coups d'un soir ? As-tu déjà pensé à faire une croisière ? Ils ont même essayé de me caser avec leur médecin lorsqu'ils ont découvert qu'il était gay.

— Et ? Comment ça s'est passé ?

Je ricanai.

— Il a trente-huit ans. Comment pensez-vous que cela s'est passé ?

— Je suppose que ton goût en matière d'homme n'a pas changé ? Je comprends. Nous n'en dirons pas plus. Alors, pourquoi es-tu ici et pas chez tes parents ?

— Vous y êtes allé, n'est-ce pas ? Vous savez que la maison est vide.

— J'ai peut-être été vérifier d'abord.

— Maman et papa passent Noël en Europe avec Ben, Layla et les enfants. C'est tout ce dont maman a parlé pendant des mois.

Il pencha la tête sur le côté.

— Y a-t-il eu quelqu'un depuis notre dernière rencontre ?

Je me mordis la lèvre.

— Vous posez la même question chaque année, vous savez.

— Je veux simplement que tu sois heureux.

Il croisa mon regard.

— Je m'inquiète pour toi.

C'était une ouverture à ne pas ignorer.

— C'est drôle, parce que je m'inquiète aussi pour vous.

— Pourquoi ferais-tu ça ?

Je fronçai les sourcils.

— Vous venez sérieusement de me poser cette question ? Vous êtes un homme avec de nombreux secrets, et je ne peux pas m'empêcher de m'inquiéter. Je ne vous vois qu'un soir par année. Et si ce que je voyais ce soir-là était un écran de fumée ? Et si vous passiez les 364 autres jours de l'année dans un tourment des plus totals ?

Il me dévisagea fixement.

— Quelqu'un t'a-t-il déjà dit que tu souffres d'une imagination débordante ? Et ne crois pas que j'ai manqué le fait que tu n'as pas répondu à ma question.

Je ne répondis rien pendant un instant, mais j'avalai mon whisky, le laissant me réchauffer de l'intérieur. Je ne pouvais pas lui avouer la vérité, n'est-ce pas ?

Tous les hommes que j'avais rencontrés ne pouvaient pas tenir la comparaison face à l'homme en costume rouge.

Finalement, je soupirai.

— Il n'y a eu personne. Ou tout du moins, personne qui n'a duré plus de quelques semaines. Je me suis résigné à demeurer célibataire. Ou en tout cas célibataire… avec avantages sociaux.

C'était tout ce que j'étais disposé à partager avec lui.

Après tout, il ne comptait pas partager avec moi les détails de sa vie sexuelle avec Madame Noël, lui non plus, pas vrai ?

Sauf que cette pensée me conduisit sur un chemin inattendu.

Est-ce que le père Noël fait toujours l'amour ?

C'était pratiquement un sacrilège de penser au père Noël dans les affres de la passion, ce qui revenait à imaginer ses parents avoir des relations sexuelles. Je frissonnai à l'idée d'assister à un tel événement, mais quant à fantasmer sur ce qui se trouvait sous ce costume rouge ?

J'avais perdu le compte du nombre de fois où je

l'avais fait au cours des dernières années. Il m'étudia en silence, puis il toussota.

— C'est une question que je ne me suis jamais senti capable de te poser. Je suppose que j'ai désormais ma réponse.

— Je fais toujours attention à moi, lui assurai-je. Vous n'avez aucune crainte à avoir à ce sujet. Et j'utilise toujours des préservatifs.

Bien que j'aie suivi certaines avancées médicales qui pourraient changer cela. Je me devais de faire quelques recherches préalables.

— J'en suis heureux. Que tu sois en sécurité, je veux dire.

Je souris.

— Et je suis heureux que vous puissiez rester cette année.

Son regard empli de curiosité fut de retour.

— Il y a eu quelques fois où vous avez filé rapidement d'ici, ou peu importe où nous nous trouvions.

Ce qui était encore plus intéressant, c'était le fait que ces moments coïncidaient avec des nuits où je n'étais pas seul. Il jeta un coup d'œil à travers la fenêtre.

— C'est une si belle nuit.

Il venait très certainement de changer de sujet.

— Une belle nuit pour une promenade en traîneau ?

— Quelle merveilleuse idée !

Puis il se racla la gorge.

— Seulement… cette année, penses-tu pouvoir

enfiler des vêtements d'abord ?

Ce qui me traversa alors l'esprit fut le souvenir de m'être agrippé à lui l'année précédente… et que mon peignoir se soit ouvert.

Je ne sais toujours pas lequel d'entre nous en avait été le plus gêné… lui, qui avait vu mon sexe surgir sous le vent, ou moi, qu'il ait été si petit en raison du froid mordant de l'hiver.

Quand j'avais 47 ans

2014

Je savais qu'il était arrivé, puisque je ne pouvais plus entendre la télévision. Non pas que je l'avais regardée. Elle servait juste de bruit de fond.

Mon esprit était ailleurs, j'avais mal.

Une main douce et ferme me pressa l'épaule. Et je fis de mon mieux pour ne pas sangloter de soulagement.

— Hé.

Le mot sortit de manière rauque.

— Anthony… je suis sincèrement désolé.

Il savait. Bien sûr qu'il savait.

— Ben et sa famille sont-ils venus pour les funérailles ?

— Lesquelles ?

Ma gorge se serra. Je pris un autre verre, dans un très grand verre, de whisky et de soda. L'alcool faisait un travail vraiment à chier pour engourdir ma douleur.

Le père Noël s'assit à côté de moi, me prit le verre des mains, le posa sur la petite table, puis m'attira à lui. J'enfouis mon visage dans son grand manteau et pleurai. Ils n'avaient peut-être pas été les meilleurs parents au monde, mais ils étaient tout ce que j'avais, et maintenant ils étaient partis. D'abord ma mère, d'une crise cardiaque, puis mon père, qui avait suivi un mois plus tard, comme s'il ne pouvait supporter d'être sur cette Terre sans elle.

C'était bien trop tôt, putain !

— Il ne lui restait même pas une décennie au final.

Il me caressa les cheveux.

— Est-ce que tu veux que je parte ?

Je secouai la tête.

— Non, j'ai besoin de toi. J'ai tellement besoin de toi en ce moment.

— Je suis là, me rassura-t-il.

— Tu n'as pas des cadeaux à livrer ?

Je priais pour qu'il ait fini pour la nuit. Je ne pouvais pas supporter l'idée qu'il s'en aille, pas alors que j'avais tant besoin de ses bras autour de moi. Une petite partie de mon cerveau n'arrêtait pas de me dire qu'il me tenait ainsi parce que j'étais son ami et que je souffrais. Que ce n'était rien de plus.

Je m'en fichais. Je prendrais tout ce que je pouvais.

— J'en ai terminé pour cette année. Je suis tout à toi.

Mon Dieu, j'aimerais vraiment qu'il le soit. Je me torturais à l'idée de faire pivoter mon visage vers le sien, de m'approcher et de l'embrasser, de sentir sa barbe douce et fournie frotter contre ma version plus grossière.

Sauf que je ne ferais jamais ça. Je ne comptais pas embrasser un hétéro, simplement parce que j'en avais rêvé d'innombrables fois au cours des dernières années. Parce que quelles seraient les conséquences d'une telle action ?

Je pourrais perdre mon meilleur ami.

Ce n'était pas une exagération. J'avais des amis, des connaissances, mais personne ne me connaissait aussi bien que lui. Personne ne pouvait entrer dans mon salon une fois par an et me voir vraiment, des couilles jusqu'à la moelle. Personne ne me comprenait comme il le faisait.

Il était le meilleur ami que j'avais jamais eu, je ne pouvais pas risquer de le perdre.

Lorsque mes larmes coulèrent, je m'éloignai de son étreinte.

— Ne crois pas que je sois d'humeur à faire une promenade en traîneau cette année, lui dis-je.

Il soupira.

— Dommage. Il y avait quelque chose que je désirais te montrer.

— Tu m'as emmené en Italie la dernière fois. Et en Islande l'année d'avant. Je suis presque certain que tu ne peux pas faire mieux que ce voyage-là.

Le paysage avait été à couper le souffle. Il se racla la gorge.

— Ce serait un voyage très différent.

La chair de poule recouvrit mes bras. Ma peau me picota.

— Je vois.

Mon cœur battait à tout rompre.

— Alors, je suppose que nous ferions mieux d'aller jusqu'au traîneau.

Il se figea.

— Mais tu as dit…

— J'ai menti, d'accord ? Si je dois choisir entre rester assis ici à me vautrer dans mon chagrin et à m'apitoyer sur moi-même, ou aller faire un tour avec toi, c'est une évidence.

Je parvins à sourire.

— D'ailleurs, tu m'as intrigué.

Cela me frappa alors.

— Waouh.

Il fronça les sourcils.

— Qu'est-ce qu'il y a ?

— Tu as réussi à me faire sourire. Je ne pense pas avoir souri depuis plusieurs mois.

Il se leva et me tendit la main.

— Alors, viens avec moi, et je te montrerai quelque chose qui te fera sourire à nouveau. Quelque chose que personne n'a jamais vu.

Je m'agrippai à sa main, il m'aida à me remettre sur pieds, et un battement de cœur plus tard, nous nous retrouvâmes à côté du traîneau. Les rennes firent pivoter leurs têtes dans ma direction et laissèrent échapper de petits bruits heureux qui me firent me sentir incroyable.

— Tu leur as manqué, déclara le père Noël d'une voix emplie de chaleur.

Il grimpa dans le traîneau. Je le rejoignis, cherchant le plaid épais qu'il m'avait posé sur les jambes l'année précédente.

— Tu n'en auras pas besoin, pas là où nous allons.

— Quelque part où c'est l'été ?

— Pas exactement.

Je me penchai sur lui, il récupéra les rênes et les animaux magiques nous entraînèrent sans effort dans le ciel. Nous allâmes de plus en plus haut, jusqu'à ce que je puisse voir la courbure de la Terre en dessous de nous, et ma respiration s'accéléra. Puis la lumière brilla tout autour de nous alors que nous plongions, redescendant rapidement tandis que je hurlais comme un petit garçon sur ses premières montagnes russes, en m'agrippant au père Noël. L'air nous fouettait, me coupant le souffle, faisant battre mon cœur plus vite. Nous fûmes rapidement entourés d'un épais nuage blanc, si solide que j'eus l'impression que l'on pouvait rebondir dessus, puis nous passâmes à travers…

Je clignai des yeux.

— Oh mon dieu, où sommes-nous ?

C'était magnifique.

Des collines verdoyantes bordaient un océan étincelant, et au milieu de ce paysage se trouvait une maison, basse, blanche, entourée de champs et d'arbres. Il n'y avait rien d'autre à des kilomètres à la ronde. Au loin, des montagnes se dressaient, coiffées de blanc, et encore plus loin, au-delà de l'océan, j'aperçus une série d'îles aux eaux incroyablement turquoise.

Plus bas, nous descendîmes, jusqu'à ce que les sabots des rennes touchent le sol, et nous nous posâmes devant cette maison attrayante. Le traîneau s'arrêta devant ce qui semblait être une étable. J'en sortis, incapable de détourner mon regard de la beauté naturelle face à moi.

— Quel est cet endroit ?

Il vint se poster à mes côtés.

— Tu te trouves actuellement dans mon royaume, et voici ma maison.

J'hésitai.

— Donc, toutes les histoires sur le pôle Nord…

— Des mythes et des légendes, oui.

Il désigna la porte.

— Est-ce que tu veux entrer ?

J'avançai le long du chemin pavé de rose, et un délicieux parfum assaillit mes narines.

— Quelle est cette odeur ? Ça m'est familier.

— L'herbe.

J'avais toujours aimé l'odeur de l'herbe fraîchement tondue, mais cette odeur… je réalisai où je l'avais déjà sentie. Elle était accrochée au père Noël chaque fois qu'il était apparu chez moi.

— Pas étonnant que je n'ai jamais pu la replacer, murmurai-je. Il n'y a rien de tel sur ma planète, n'est-ce pas ?

Parce que tous mes sens me disaient que la maison du père Noël ne se trouvait pas sur la Terre.

Nous nous approchâmes de la porte, et mon pouls s'accéléra à l'idée de ce qui pouvait se trouver au-delà. Mais lorsqu'il l'ouvrit, mes yeux tombèrent sur un intérieur agréable avec des murs de couleur crème, des carreaux de carrelage rouge sur le sol et une cheminée rustique dominant le centre de la pièce. Des tapis colorés s'étendaient partout, et de grandes fenêtres permettaient à la lumière de déborder dans chaque recoin.

— C’est incroyable.

Il sourit.

— Je suis heureux que tu l’aimes.

Je me promenai dans la pièce, en caressant les canapés en cuir, en inhalant le parfum des fleurs fraîchement coupées et en jetant un coup d’œil aux peintures sur les murs.

— Est-ce qu’elles sont de toi ? Je veux dire, est-ce que c’est toi qui les as peintes ?

— Oui. Une compétence que je m’efforce de perfectionner. Ne me demande pas depuis combien de temps je le fais par contre, ajouta-t-il en riant.

— Les tableaux sont impressionnants, lui dis-je.

C’étaient surtout des natures mortes et des paysages, mais parsemés ici et là, il y avait quelques autoportraits, exécutés dans différents tons de lumière. Le plafond bas avec ses poutres sombres entrecoupées de sections peintes en blanc offrait à la salle une sensation d’Angleterre médiévale, tout droit sortie des livres d’Histoire. Je réalisai alors que quelque chose manquait.

— Nous sommes seuls ici.

Je me tournai dans sa direction pour obtenir confirmation. Il hocha la tête.

— S’il te plaît, assieds-toi. Je dois te parler.

Je fis ce qu’il me demandait, et il s’installa à côté de moi sur le large canapé en cuir. Son intonation grave me fit frissonner. Il prit une profonde inspiration.

— Tout d’abord, je dois te demander pardon.

Je me figeai.

— Pourquoi ? Qu’as-tu fait ?

Il déglutit.

— Je t'ai menti.

Maintenant, j'étais terrifié.

— Continue.

Son regard ne quitta jamais le mien.

— Tu m'as demandé si je me souvenais d'avoir eu quarante ans. La vérité est que… non, je ne m'en souviens pas. J'ai toujours paru tel que tu me vois maintenant.

Je fronçai les sourcils.

— Mais… Tu as bien dû naître, pas vrai ?

Il secoua la tête.

— J'ai été créé ainsi.

— Par qui ?

Il sourit.

— La conscience collective des gens de ton royaume. Ils croyaient sincèrement à mon existence. Ils avaient besoin d'une figure dont le but était d'être vraiment bon, altruiste… et c'est ainsi que je suis né.

Il s'arrêta.

— Tu m'as également demandé si j'étais seul ici. J'ai encore menti. Oui, il n'y a que moi. Tous ces cadeaux que j'offre ? C'est moi qui les crée.

— Comment ?

Je poussai un gémissement.

— Par magie, bien sûr.

Il hocha la tête.

— Est-ce que tout ce que tu m'as raconté était un mensonge ?

J'avais l'estomac noué.

— Non. Je t'ai dit que je portais mes regrets, mes espoirs… je t'ai également dit que je voulais être heureux, être amoureux. Tout ça était vrai.

Je fronçai les sourcils.

— Qu'en est-il de Madame Noël ?

Il sourit à nouveau.

— Il n'y a pas de mère Noël. Elle représente un mythe aussi grand que celui de Rudolph.

— Attends une minute. J'ai vu ce film. Tu sais, celui où tu es sculpteur sur bois et où tu as une femme mais pas d'enfants. Puis un jour, tu te perds dans la neige, et les lutins te trouvent, et tu…

Il éclata de rire.

— Je n'ai pas la moindre idée de ce dont tu parles.

Cependant, je ne riais pas. L'idée qu'il vive seul dans cet endroit magnifique me donna envie de pleurer pour lui.

— Mais… Tu n'aurais pas pu te trouver une femme dans mon royaume ? Quelqu'un pour te tenir compagnie ? Je suis certain que lorsque tu as été créé, personne n'a décidé que tu devais vivre ta vie tout seul. C'est juste… cruel.

— J'aurais pu prendre une femme, si j'en avais voulu une.

Je poussai un gros soupir.

— Je comprends. Je sais pourquoi tu veux être seul.

Il cligna des yeux.

— Vraiment ?

— Bien sûr. C'est évident. Si tu avais choisi une

femme pour partager ta vie, tu aurais dû l'amener dans ce royaume. Elle aurait dû quitter son monde mortel pour vivre avec toi dans l'immortalité.

Mon cœur se serra pour lui.

— Et tu aurais détesté faire ça, sachant qu'elle devait quitter toute sa famille. Sans jamais pouvoir expliquer ce qu'il s'était passé.

Le père Noël était vraiment quelqu'un d'altruiste.

Il se mordit la lèvre.

— Tu as à moitié raison.

Je le fixai.

— De quoi tu parles ?

— Tu as raison quand tu dis que je ne pourrais jamais demander à quelqu'un d'abandonner son existence mortelle pour être avec moi. Tout le monde dit vouloir devenir immortel, mais s'ils réfléchissaient à ce que ça signifie vraiment, ils n'en auraient vraiment pas envie. Une vie de jours sans fin, s'étirant vers l'infini ? On pourrait devenir fou rien qu'en contemplant une telle existence.

Je regardai autour de moi.

— C'est un bel endroit pour devenir fou, murmurai-je.

— Et il faudrait une personne exceptionnelle pour pouvoir y faire face. Mais si je suis honnête, cette partie sur l'infini ? Ça n'arrivera jamais.

— Que veux-tu dire ?

Son expression devint sérieuse.

— Le jour viendra… et ce sera probablement plutôt que quiconque ne le pense… où je serai inutile.

Il hocha la tête lorsque je le regardais.

— Après tout, j'ai été créé dans un but précis. Si ce but n'existe plus, si mon rôle n'est plus nécessaire, alors peut-être que moi aussi je mourrai, ou bien que je serai piégé dans ce royaume pour toujours.

Il soupira à nouveau.

— Je ne sais pas si c'est vrai, mais je dois envisager cette possibilité.

Il se racla la gorge.

— Et la raison pour laquelle je n'ai pas choisi d'épouse, c'est simplement parce que…

Ses yeux bleus rencontrèrent les miens.

— Je préférerais avoir un mari.

Quand je me suis retrouvé à court de mots

Je le jurais, mon cœur s'était presque arrêté sous le choc.

— Un mari ?

Attendez une minute. Le père Noël est gay ?

S'il vous plaît, dites-moi que j'ai bien entendu. Dites-moi que tout cela ne fait pas partie de mon imagination. Dites-moi que je n'ai pas seulement entendu cela parce que c'est ce que je voulais entendre.

Il me dévisagea.

— Mari, petit ami, bien que ce dernier terme semble bizarre venant quelqu'un mon âge.

Puis il sourit.

— Il n'y a jamais eu quelqu'un de mon âge, alors je suppose que je peux dire ce que je veux. En fin de compte, je ne désirais pas une femme… je voulais un homme.

— Alors…

Je devais poser la question, parce que cette petite voix dans ma tête me poussait à le faire, si intensément que j'en avais le crâne qui bourdonnait et que j'en tremblais.

— Y a-t-il jamais eu… Il doit bien y avoir quelqu'un qui…

— Je n’ai jamais rien dit à personne. Jusqu’à maintenant.

Et il me l’avouait. À moi. Ça devait signifier quelque chose, pas vrai ?

— As-tu déjà emmené…

— Non. Juste toi.

— Mais tu devais être intéres…

— Non.

Mon Dieu, me disait-il ce que je croyais qu’il me disait ?

Tout se mit alors en place. Je me trouvais dans un monde où le temps s’arrêtait, où un moment pouvait durer éternellement, et je ne désirais pas que cet instant particulier s’achève. En tout cas, pas avant que je fasse quelque chose avec les connaissances que je venais d’acquérir, à condition que je puisse me ressaisir.

J’inspirai profondément, mais ce qui s’échappa de mes lèvres me surprit :

— Tu sais, étant donné que tu es le père Noël, je pensais que cet endroit ressemblerait un peu plus à Noël.

Putain ! Le père Noël vient enfin de me révéler le secret qu’il a dissimulé à l’univers tout entier, et je me plains du décor ?

Il cligna des yeux.

— Oh, eh bien… je ferais mieux de faire quelque chose à ce sujet.

Il claqua des doigts, et un décor de Noël donna l’impression d’exploser dans la pièce. Un grand sapin chatoyait désormais de couleurs, de guirlandes et de lumière. Il y avait des bougies partout. Les plafonds étaient drapés d'encore plus de couleurs et de lumière. Je me levai. Il me suivit. Je tournai sur moi-même, observant toutes les touches de paillettes et d'étincelles qui nous entouraient.

— C'est magnifique.

Le père Noël serait très doué si jamais il décidait de se lancer dans les affaires en tant que décorateur d'intérieur de chalet de vacances. Les autres pourraient tout aussi bien changer de carrière, parce qu'il était très doué.

Quelque chose pendait à l'endroit où nous nous tenions.

Il leva les yeux. Je levai les yeux.

Un rameau de gui, vert et abondant, ses baies blanches au milieu des feuilles, était suspendu à l'un des chevrons, à peine quelques centimètres au-dessus de nos têtes.

Je baissai la tête et découvris qu'il contemplait mes lèvres. Je regardai sa lèvre inférieure pleine, au-dessus de laquelle se trouvaient les poils soyeux de sa moustache, avec seulement une touche de gris au niveau de la racine. Puis nous bougeâmes tous les deux, lentement et facilement, comme si nous avions tout le temps du monde pour que nos lèvres se rencontrent enfin.

Ce qui était le cas, bien sûr. Puisque le temps était figé afin que notre premier baiser puisse durer éternellement si nous le désirions.

Ses lèvres étaient chaudes, douces. Sa barbe effleura la mienne. Je pris son visage entre mes mains et l'attirai à moi, avant d'inhaler son odeur douce et épicée qui s'infiltra jusque dans mes os. Le soupir qui lui échappa aurait tout aussi bien pu dire « te voilà enfin ».

Je reculai, en prenant mon temps, pour ne pas briser la fragilité de cet instant. Il imita mon geste, et nous nous regardâmes. Mais alors, l'écart se referma, et nous nous embrassâmes encore, doucement, avec ferveur. Je dessinai son visage de mes lèvres. Sa main était posée sur l'arrière de ma tête tandis qu'il m'embrassait, ses doux soupirs ponctuant chaque pression intime de ses lèvres contre les miennes, me nourrissant de ses sonorités de contentement et de joie.

Lorsque nous rompîmes le baiser au même instant, il souriait, et un intense sentiment de chaleur me traversa.

— Tu ne sais pas depuis combien de temps je rêve de ce moment, murmura-t-il.

Je souris.

— Pareil.

— Et quel meilleur endroit pour t'embrasser qu'un royaume où un baiser pourrait durer toute une vie si nous le voulions ?

Il me caressa tendrement le visage.

— Il reste très peu de traces du garçon que j'ai vu, il y a toutes ces années.

Ses doigts parcoururent la ligne de ma mâchoire.

— Je t'ai vu devenir un si bel homme.

— Il y a quelque chose que je dois te demander. Quand as-tu compris…

— Que je te désirais ?

— Oui. Est-ce que tu te souviens ?

Son sourire atteignit ses yeux.

— Ce n'était pas un mensonge. Je me souviens de tout. Tu avais trente-trois ans. Et je suis venu chez toi à Philadelphie pour constater que tu n'étais pas seul.

Il déglutit.

— C'était un moment de double reconnaissance douloureux. J'avais conscience que j'étais en train de tomber amoureux de toi… je le savais depuis que tu avais la vingtaine… et je désirais te le dire. C'était la première fois que je me retrouvais attiré par quelqu'un, et tu étais là, amoureux de quelqu'un d'autre. Tu parles d'un mauvais timing.

Il me regarda.

— Et toi ?

— Il y a eu cette fois où j'ai pensé que tu étais l'ami le plus sexy de tous les temps, mais j'ai mis cela sur le compte de ma température élevée par la grippe.

Il soupira dédaigneusement.

— Attends… tu pensais vraiment que tu délirais ? Je suis blessé.

Je levai les yeux au ciel.

— Ce n'est qu'à l'âge de trente-cinq ans que la vérité m'a frappée en plein visage.

— Quelle vérité ?

Je lui souris.

— Tous les hommes qui m'attiraient te ressemblaient.

Il toussota.

— Je pensais que tu avais compris que tu aimais les hommes comme moi lorsque tu étais à l'université.

Je posai mes mains sur mes hanches.

— Donc, ce que tu insinues, c'est que j'ai secrètement convoité le père Noël pendant la plus grande majorité de ma vie d'adulte ?

Ce fut à son tour de sourire.

— Si cette casquette te convient.

— Tu veux savoir ce que j'en pense ?

— Je suis tout ouïe.

— Je pense que tu dois m'embrasser à nouveau.

Ses yeux brillèrent.

— Je suis tout à fait d'accord avec ça. J'essaie de rattraper mon retard, souviens-toi.

Lorsque je fronçai les sourcils, il gloussa.

— Hé, je viens seulement de vivre mon premier baiser.

Son premier… j'étais bouche bée.

— Tu n'as jamais…

— Non, jamais.

Son regard croisa le mien.

— Donc, tu vas devoir être doux avec moi et y aller lentement.

Mon souffle s'arrêta.

— N'est-il pas fort heureux que nous nous trouvions dans un endroit où nous pouvons prendre le temps que nous désirons ?

Oh mon Dieu, toutes les possibilités…

Il se mordit la lèvre.

— Je pensais que tu avais besoin de m'embrasser à nouveau ?

C'était tout ce qu'il me fallait pour le prendre dans mes bras, nos corps plaqués l'un contre l'autre alors que nous nous embrassions, avec des baisers chastes qui alimentaient quelque chose au fond de moi.

— J'ai une confession à faire, murmurai-je contre son cou.

— Hmm ?

Il semblait très heureux.

— Je meurs d'envie de voir à quoi tu ressembles sans ton costume de père Noël.

Il se recula et mon cœur se serra lorsque je vis le chagrin présent dans ses yeux.

— Je crains que ça ne doive attendre la prochaine fois.

Le choc se répercuta en moi.

— Je… je dois partir ?

Il hocha la tête.

— Le temps se fige peut-être ici, mais ce n'est pas le cas dans ton royaume.

Cela me frappa brusquement.

— Mais la prochaine fois, ce sera dans un an.

Il hocha la tête.

— Ne peux-tu pas me rendre visite lorsque ce n'est pas le réveillon ?

Il secoua la tête.

— Un soir, c'est tout ce que j'ai. Il est vrai que c'est une sorte de veillée de Noël élastique, qui s'étend sur tous les fuseaux horaires, et je suis capable de l'étirer pour m'adapter à tout ce que je dois faire, mais une fois mon travail terminé, quand l'aube se lève sur le matin de Noël, je dois revenir ici.

Je ne pensais pas m'être jamais senti aussi triste.

— Qu'est-ce que ça peut bien faire si le temps s'arrête ici ? Je suis limité par le temps qui m'est alloué.

Il me caressa la joue.

— Tu dois savoir quelque chose. Ce sera une très longue année pour toi, je le sais, mais elle me semblera encore plus longue, et je passerai chacune de vos cinq cent vingt-cinq mille six cents minutes à attendre que je puisse te revenir à nouveau.

Je me figeai.

— 2015 n'est pas une année bissextile, j'espère ?

— Non, Dieu merci. La prochaine, c'est 2016.

— Et comment faire pour rentrer ? En traîneau ?

Il hocha la tête.

— C'est la seule façon de traverser entre les royaumes.

Je souris.

— Bien. Ça signifie que j'aurai l'occasion de dire au revoir aux filles.

Je me pavanai.

— Tes rennes m'aiment.

— C'est parce que jusqu'à maintenant, elles pensaient que j'étais la seule personne au monde pour elles. Personne d'autre n'est capable de les voir.

Il leva les yeux au ciel.

— À l'exception du traqueur du père Noël du NORAD, bien sûr. Et puis tu les as accueillies chaleureusement.

Il tendit la main.

— Allez, avant que l'on soit en retard.

— Seulement si tu m'embrasses encore une fois

sous le gui.

Son visage étincelait.

— Ça, je peux le faire.

Quand j'avais 48 ans

2015

Les lumières commençaient à s'éteindre et le traqueur du père Noël du NORAD suivait ses progrès à travers le monde.

Sauf que je savais que c'était différent. Le NORAD ne pouvait pas le voir.

Je me rappelai le Noël précédent. Une fois qu'il m'avait quitté, sur un dernier baiser, je m'étais retrouvé face à un énorme cas de culpabilité. Pendant tout le temps que j'avais passé avec lui dans son royaume, je n'avais pas pensé une seule seconde à mes parents. Et pourtant… ce qui était étrange, c'était que lorsque j'étais rentré, ma douleur avait diminué.

Peut-être que le temps était vraiment différent dans cet autre royaume. L'esprit guérissait-il plus rapidement ?

Ma sonnette résonna, je m'empressai de répondre, me demandant qui sur Terre pourrait me rendre visite à ce moment-là, la veille de Noël. Ben et sa famille étaient chez eux, en Europe. J'ouvris la porte pour découvrir mon facteur, les bras remplis de paquets.

— Joyeux Noël, dit-il en me les remettant.

Je les posai sur la chaise près de la porte.

— N'est-il pas un peu tard pour les livraisons ?

Il renifla.

— Je ne sais pas ce qui se passe cette année. Tout ce que je sais, c'est que nous avons eu plus de colis à livrer aujourd'hui que nous n'en avons jamais eu.

Ses yeux scintillaient.

— Je pense que le père Noël est en grève. Mais vous êtes mon dernier. Je vous souhaite bonne chance pour la saison d'hiver. Je rentre chez moi pour m'effondrer.

Puis il s'en alla.

Je fermai la porte. *Le père Noël en grève* ? J'entrai dans le salon pour le trouver debout à côté de mon sapin. Je plissai les yeux.

— Qu'as-tu fait ?

Il fronça les sourcils.

— Excuse-moi ?

Je laissai échapper un soupir plein de réprimande.

— Tu as vendu tes livraisons à UPS, pas vrai ? Et tu as fait la même chose dans tous les pays ? Combien de facteurs surmenés rentrent chez eux épuisés ce soir, à cause de toi ? le taquinai-je.

Il écarquilla les yeux.

— Je ne l'ai pas fait partout, seulement aux États-Unis. Oh, et en Europe aussi.

— Est-ce que tu peux avoir des ennuis à cause de ça ?

Il ricana.

— Non. Je suis le père Noël, tu te souviens ? Et je l'ai fait pour que nous ayons plus de temps ensemble. Pour que je puisse… t'inviter à dîner.

La douceur de son geste me coupa le souffle.

Il veut m'emmener à un rendez-vous.

Je retrouvai ma voix :

— La plupart des restaurants seront bondés ou fermés ce soir.

Il se racla la gorge.

— Oh ! N'ai-je pas précisé que c'est moi qui ferais à manger ?

Je le contemplai fixement.

— Tu sais cuisiner ?

Il m'adressa un regard peiné.

— Si je ne me nourris pas, qui d'autre le fera ? Si tu es prêt, nous devrions partir.

Je jetai un coup d'œil à mon jean et à mon pull.

— Je ne peux pas aller à un rendez-vous habillé comme ça.

Il toussota. Je dressai le menton. Il souriait.

— Qu'est-ce qui t'a traversé l'esprit ?

— Que tu pouvais tout aussi bien porter ton peignoir, dit-il avec un air faussement innocent.

J'eus à nouveau le souffle coupé.

— Père Noël. Vous voulez juste mater ma queue !

Son visage rougit, sa bouche s'ouvrit, se referma, et je compris que j'avais réussi mon coup.

— Je reviens tout de suite.

Je me précipitai dans ma chambre pour lui épargner ses rougeurs. Le père Noël qui rougissait, c'était terriblement mignon. En balayant le contenu de mon placard, j'essayai de ne pas penser à… eh bien, au fait d'avoir des relations sexuelles avec le père Noël. Je savais que ça allait arriver, parce qu'il avait dit que nous devions y aller lentement, mais je n'étais pas disposé à le presser. C'était beaucoup trop important.

Au moment où j'émergeai de ma chambre, vêtu d'un costume gris foncé, un gilet de brocart violet, que j'avais porté pour le mariage de Ben, Dieu merci, il m'allait encore, et un mouchoir de soie violet bien plié dans la poche de ma veste, toutes mes pensées au sujet d'avoir le père Noël entre ses draps s'étaient glissées dans un recoin de mon esprit.

Je vais dîner avec le père Noël.

Il me contempla, la bouche grande ouverte.

— Oh mon Dieu !

— C'est trop ?

Il sourit.

— Non. Tu es parfait.

Et d'un claquement de doigts, nous nous retrouvâmes debout à côté du traîneau. Je fis une pirouette devant les rennes.

— Qu'en pensez-vous, les filles ?

Elles secouèrent la tête et firent de drôles de bruits.

— Je pense qu'elles approuvent, m'assura le père Noël.

Je grimpai dans le traîneau à ses côtés, mais avant que je puisse m'asseoir, il posa sa main sur mon épaule.

— Il manque quelque chose.

Ma mère avait l'habitude de dire que j'avais un petit côté malin. Alors peut-être que c'est cet Anthony-là qui fit s'installer doucement le père Noël en position assise, avant de grimper sur ses genoux, ses bras enroulés autour de son cou.

— Joyeux Noël, murmurai-je avant de me pencher pour réclamer sa bouche en un long et tendre baiser.

Lorsque nous nous séparâmes, ses yeux brillaient.

— Ça l'est, maintenant.

Je repoussai mon assiette de côté.

— C'était incroyable.

Je m'étais attendu à de la dinde, ou à d'autres viandes, mais le canard en sauce à l'orange, avec des pommes de terre Dauphine, des petits pois et de délicats morceaux de carotte, avait été parfait. Tout comme la crème brûlée. Mais loin d'être aussi parfaits que l'homme assis en face de moi.

— Merci.

Une nouvelle rougeur rampa le long de sa nuque.

— Tu n'imagines pas le temps que j'ai mis à choisir le menu. Sans parler de rassembler tous les ingrédients.

Je fronçai les sourcils. Il gloussa.

— D'où penses-tu que venait le canard ? Ou les oranges pour la sauce ? Il n'y a pas de supermarché ici.

— Le canard ?

Il hocha la tête.

— C'est tellement dommage que nous ayons dû la manger.

— Elle ?

— Elle s'appelait Rosanna. Elle avait une belle nature.

Pour la première fois de ma vie, j'envisageais de devenir végétarien. Puis…

— Attends une minute.

Je levai les yeux au ciel.

— Tu viens de citer Babe, pas vrai ?

— J'aime beaucoup ce cochon.

Son regard pétillait.

— Désolé. Je n'ai pas pu résister. Tous les aliments ici sont magiques, à part les fruits et légumes.

— Quoi ? Tu ne peux pas les faire apparaître ?

— Non, je préfère les faire pousser. Je te montrerai, si tu veux.

Il regarda en direction de la porte.

— Je dois dire que je me sentais incroyablement coupable de laisser les autres effectuer mon travail ce soir.

— Tu as livré des cadeaux à tout le monde, sauf aux États-Unis et en Europe. Je ne pense pas que tu sois resté les orteils en éventail, sans rien faire de toute la journée, pas vrai ? Et même le père Noël a droit à une nuit de congés. Ou en tout cas, une partie de la nuit.

— Tu es bon pour moi, répliqua-t-il avec un sourire.

— Et pense à toutes les heures supplémentaires

qui seront payées à tous ces facteurs, ajoutai-je. Tu leur as offert un très bon cadeau de Noël.

— Je n'avais pas pensé à ça.

Il soupira.

— Ils doivent être payés en conséquence durant toute la période de Noël de toute façon. Et pense à toutes les lettres qu'ils doivent trier.

Je me penchai sur le fauteuil.

— Toutes ces lettres écrites au père Noël, adressées au pôle Nord… tu ne dois pas les lire les unes après les autres, pas vrai ?

Il me regarda fixement.

— Bien sûr que si. Et je prends des notes sur chacune d'elle.

— Sérieusement ?!

Il s'essuya les lèvres avec sa serviette blanche, repoussa sa chaise et plia son doigt.

— Viens avec moi.

Je le suivis dans un couloir éclairé, jusqu'à une porte en bois.

— Voici mon bureau, dit-il en l'ouvrant.

J'entrai et…

Attendez. Attendez une minute.

La pièce était énorme, avec d'innombrables rangées de classeurs s'étendant aussi loin que mon œil pouvait les voir. La pièce devait faire un kilomètre et demi, voire trois. Mon cerveau ne parvenait pas à traiter cette information.

— Comment… je veux dire… mais…

Je le regardai.

— J'ai vu cet endroit depuis les airs. Comment…

— Je sais, dit-il avec une fierté évidente. C'est plus grand de l'intérieur.

Ma mâchoire se décrocha.

— Oh mon Dieu. Je suis dans l'équivalent du TARDIS du père Noël, n'est-ce pas ?

Il sourit.

— C'est une de mes séries préférées.

— Tu regardes la télévision ?

Il fit un geste de la main.

— Je suis plutôt du genre DVD. Mais j'ai toujours voulu lui parler. Je n'ai simplement jamais trouvé comment.

— Parler… parler à qui ?

Il hocha la tête avec joie.

— Au docteur Who !

— Mais… c'est un personnage fictif. Il n'est pas réel. Il n'y a pas de Seigneur du temps.

Les yeux du père Noël étincelaient.

— Alors que suis-je, sinon un Seigneur du temps ?

Je me figeai. Je me retournai. Je le dévisageai.

— Donc, je ne sors pas seulement avec le père Noël, je sors également avec un Seigneur du temps ?

Il rit, un son lumineux et heureux qui remplit la pièce et me fit me sentir plein de joie.

— Ton visage, parvint-il à dire.

— Une minute… tu m'as menti ? Il n'est pas réel ?

Il tenta de retenir son rire.

— Je suis désolé. Je n'ai pas pu résister. Et tu

rigolerais à ma blague, si tu étais de mon côté de l'histoire.

— Et qu'en est-il ?

Il parvint à se contrôler.

— C'est la première fois que je fais une blague. Parce qu'avec qui aurais-je pu faire cela ?

Ces paroles me frappèrent brusquement.

Il a été si seul.

Mais ce n'était plus le cas. Et j'avais toute une vie de plaisirs humains à partager avec lui.

Je savais exactement quelle serait sa première leçon.

Je jetai un coup d'œil circulaire à la pièce et notai l'absence de meubles, mis à part le bureau en lui-même et la chaise.

— Nous avons besoin d'un canapé, murmurai-je.

Cela attira son attention.

— Pourquoi ?

Je fronçai les sourcils.

— Trouve-nous un canapé, et je te montrerai.

Un battement de cœur plus tard, un canapé en cuir brun se tenait contre le mur. Je secouai la tête.

— Plus gros.

Il cligna des yeux, claqua des doigts, et le canapé fut remplacé par une version plus large, avec des sièges profonds et des coussins énormes.

— C'est mieux, dis-je avec un sourire.

Je m'approchai de lui et le poussai légèrement vers l'arrière.

— Il est temps de voir ce qui se trouve sous ce

costume, père Noël. Eh bien…

Je baissai les yeux vers son entrejambe.

— Sous une partie, tout du moins.

— Oh mon Dieu, glapit-il.

Je le regardai droit dans les yeux.

— Si tu n'as pas envie que je continue, s'il te plaît, dis-le-moi, et je m'arrêterai immédiatement.

Il me fixa en silence pendant un long moment, puis défit la boucle en or de sa ceinture avec des doigts tremblants. Je pris cela comme un consentement.

— Peux-tu me laisser faire ?

Je la lui arrachai des mains, je fis sortir la pointe en métal de son trou et retirai la ceinture. Je dégageai ensuite lentement les boutons dorés de sa veste, écartant les pans pour révéler…

— Tu ne portes pas de chemise ?

— Pas habituellement. La veste est très douce. J'aime bien la sensation contre mon torse.

Je lui caressai le torse et il frissonna.

— Et maintenant, voilà que je sais quelque chose qu'aucune autre personne au monde ne sait.

— Quoi donc ?

Un autre frisson le traversa.

— Le père Noël a des abdos.

Ils n'étaient pas sculptés comme les hommes de ma salle de sport, mais ils étaient très clairement définis, comme une ondulation de muscles sous la peau.

— Je ne comprends pas. Comment pourrait-on te qualifier de gros ?

— Je ne sais pas, mais tu veux savoir, la première fois que j'ai lu ça ?

Son regard pétillait d'amusement.

— Une de mes chambres s'est soudainement transformée en salle de sport à domicile.

— Maintenant, je sais pourquoi tu n'as pas changé de costume pour le dîner.

Il cligna des yeux.

— Penses-tu que j'avais une arrière-pensée ?

Je hochai la tête.

— Tu l'as gardé, simplement pour que je puisse te l'enlever.

Je le repoussai vers l'arrière.

— Si tu continues, je vais tomber, protesta-t-il.

— C'est un peu l'idée, répliquai-je en souriant. Assure-toi de tomber sur le canapé.

Je poussai. Il se laissa faire, le cuir grinçant alors qu'il s'enfonçait dans l'épais coussin. Je le rejoignis, l'encourageant à se pencher en arrière tandis que je caressais son torse nu. Son souffle s'arrêta. Je glissai un bras autour de ses épaules, une main sur son cou, et embrassai sa joue, avançant jusqu'à ce que nos lèvres se rencontrent. Ses yeux se fermèrent et je l'embrassai à nouveau, tirant soigneusement sur sa lèvre inférieure avec mes dents, explorant sa bouche de ma langue.

Le gémissement qu'il émit fut délicieux. À sa première tentative de poser sa main sur mon genou, mon cœur rata un battement… je pris sa main et la posai contre mon entrejambe, et entendis sa respiration s'accélérer. Je pressai sa paume sur mon érection naissante, l'enroulant autour du renflement qui s'épaississait.

Son regard se fixa sur le mien.

— Oh !

— Et c'est tout pour toi, murmurai-je. Grâce à toi.

Il se mordit la lèvre.

— Ton désir évident pour moi est un cadeau merveilleux, mais tes paroles le sont également.

Il suça ma lèvre, d'autres gémissements lui échappant. Lorsqu'il s'écarta, je plongeai dans son regard, mes doigts caressant son cou. L'émerveillement présent dans ses prunelles menaça de me détruire. Il poussa un soupir venant du cœur.

— Oh mon Dieu, la façon dont tu me regardes…

— Comme quoi ?

— Comme si… j'étais tout ce que tu avais toujours voulu.

Je souris.

— Parce que tu l'es.

J'embrassai son cou, sa peau chaude, et cette même odeur épicée emplit mes narines. Sa main était toujours sur mon entrejambe, alors je me disais que c'était fair-play. Je pris à mon tour son sexe entre mes doigts, et un frisson le secoua. Quelque chose remua sous mes doigts.

Quelque chose d'imposant.

Je ne pus résister.

— Waouh. Je pense qu'il y a un autre colis à livrer la veille de Noël.

Il poussa un gémissement.

— S'il te plaît, pas de jeux de mots au sujet du

père Noël.

Je l'attirai vers moi, nos bras s'enlacèrent pendant que nous nous embrassions, seulement désormais avec des baisers plus approfondis, jusqu'à ce que nous gémissions. Il caressa mon érection et je fis courir mes mains sur son torse, afin de taquiner ses mamelons, lui provoquant davantage de frissons et de soupirs. Ma main s'égara une fois de plus sur son entrejambe, ou sa verge pressait contre son pantalon noir.

J'avais besoin de plus.

Je posai ma main sur son ventre tendu et glissai mes doigts sous la ceinture, rencontrant…

Son gland nu et chaud.

— Pas de sous-vêtements non plus ?

Je gloussai.

— J'apprends tellement de nouvelles choses à ton sujet. Qui l'aurait cru ? Le père Noël se promène commando.

Il contracta ses abdominaux, m'offrant plus d'accès.

— J'ai une meilleure idée.

Je contemplai son pantalon.

— Des boutons ? N'as-tu jamais entendu parler d'une fermeture éclair ?

— Je n'y avais jamais beaucoup réfléchi, avoua-t-il. Il est peut-être temps que je modernise mon costume.

Je souris.

— Il y a beaucoup d'améliorations à faire pour un accès facile.

Je retirai mes doigts et j'ouvris son pantalon, juste assez pour que son gland émerge, pointant vers le haut. Il posa sa tête sur le coussin avec un soupir frémissant.

— Je n'en crois pas mes yeux, murmura-t-il.

— Tu veux pourtant que ça se produise.

Il leva la tête et me regarda fixement.

— Plus que je ne pourrai jamais l'exprimer avec des mots.

Je ne rompis pas le contact visuel tandis que je frottais doucement mon pouce sur son gland. Ses pupilles se dilatèrent, sa respiration s'accéléra. Je fis sauter un autre bouton, le libérant davantage, et je continuai à le caresser tranquillement pendant que je l'embrassais. Son sexe était solide, et alors que le premier soupçon de liquide séminal humidifia mon pouce, je glissai ma langue entre ses lèvres, l'explorant.

Je veux le goûter.

Je veux goûter son sexe.

Je rompis le baiser et accordai toute mon attention à son érection. Elle se dressait, fière, épaisse et lourde, et le liquide transparent sur sa fente m'appelait. Je changeai de position, me penchai vers le bas, plus bas et plus bas encore, très lentement, jusqu'à ce que mes lèvres effleurent son gland. J'inhalai le goût de son excitation tandis que je le prenais entre mes lèvres…

J'aspirai son sexe plus profondément, aimant les ratés dans sa respiration, conscient qu'il se penchait en arrière et que ses yeux se fermaient.

— Mon Dieu, c'est incroyable.

Je m'écartai suffisamment longtemps pour lui dire que je n'avais même pas commencé. Ses yeux s'écarquillèrent et il tordit le cou pour pouvoir me fixer.

— Je pourrai ne pas survivre à tout ça.

— Aucun homme n'est jamais mort d'un orgasme. Du moins, je ne pense pas.

Il en perdit le souffle.

— Oh mon Dieu !

Et la voilà, notre destination. Notre but.

J'allais faire jouir le père Noël.

Je frottai ma main sur son ventre.

— Ferme les yeux. Concentre-toi sur ce que tu ressens.

Il hocha la tête, puis se pencha à nouveau. Je pris son gland entre mes lèvres, lui offris un coup de langue, puis l'avalai jusqu'à la base. Un bruit étranglé lui échappa, tandis qu'il cambrait le dos. Ma tête se balançait d'avant en arrière alors que je le suçais, le contemplant de temps en temps. Ses paupières étaient fermées, sa respiration peu profonde. Je me concentrai sur ma tâche. J'aimais la sensation de son sexe dans ma bouche.

Puis je réalisai que sa main était sur ma tête.

J'adorais ça. J'en avais rêvé. Chaque doux soupir qui s'échappait de ses lèvres ne faisait qu'alimenter mon désir de lui offrir davantage de plaisir. Cet homme altruiste avait apporté tellement de la joie à des millions de personnes, il était temps qu'il en reçoive en retour.

Cet homme sexy et altruiste qui correspondait à tous mes désirs depuis la trentaine.

Je m'écartai.

— Changeons un peu les choses.

Je descendis du canapé et m'agenouillai devant lui, saisissant sa botte gauche.

— Ça s'enlève facilement !

Je tirai, tirai encore et, finalement, je libérai un de

ses pieds. Puis je fis la même chose avec l'autre avant de retirer ses épaisses chaussettes.

— Maintenant, lève-toi, lui dis-je, faisant de même et lui tendant la main.

Je l'aidai à se relever et nous nous embrassâmes, la chaleur irradiant de son torse nu. Je retirai son manteau et le posai sur l'accoudoir du canapé. Puis je m'agenouillai devant lui.

— S'il te plaît, ne fais pas ça, dit-il.

Je me figeai.

— Quelque chose ne va pas ?

— Oui. Tu vas abîmer ton pantalon.

Je ricanai.

— Je pense qu'il peut le supporter.

Je lui fis signe.

— Mais tu es sur le point de perdre le tien.

Je le fis glisser jusqu'à ses chevilles, et sa grosse érection se dressa. Je ne nierais pas avoir eu la bave aux lèvres.

— Et toi ? me demanda-t-il.

Je clignai des yeux.

— Moi ?

— Tu es… tu sembles faire tout le travail. Qu'en retires-tu ?

Je levai les yeux vers lui.

— Tu as passé ton existence à offrir du plaisir et de la joie aux autres. Il est grand temps que quelqu'un en fasse de même pour toi.

Sa bouche s'ouvrit et se referma.

Je l'aidai à retirer son pantalon. Enfin, il fut

entièrement nu devant moi. En tout cas, presque nu. Puisqu'il portait encore son bonnet de père Noël.

Je me levai pour le lui retirer, mais il m'arrêta.

— Je vais le faire.

Il s'exécuta et le fit tomber au sol. Je contemplai son crâne chauve.

— Oh !

Je me souvins de ses paroles prononcées de nombreuses années auparavant.

— Je croyais que tu avais dit que tes cheveux souffraient du port du bonnet ?

Il marmonna quelque chose dans sa barbe, alors je lui fis baisser le menton, le forçant à me regarder droit dans les yeux.

— Répète, s'il te plaît.

— Je ne voulais pas que tu saches que j'étais chauve.

Je souris.

— Ai-je déjà mentionné que je trouvais les chauves très sexy ?

Il cligna des yeux.

— Vraiment ?

Je hochai la tête.

— Tu es un homme magnifique.

Son torse ressemblait au mien, recouvert d'un duvet de poils foncés parsemés de gris, une ligne solide menant tout droit à son aine. Son ventre était doux, et j'y enfonçai mon visage, le frottant, l'embrassant, et le trouvant si doux contre mes joues. Je me redressai pour taquiner ses mamelons, appréciant les frissons qui couraient à travers tout son corps.

Le père Noël est sensible des tétons.

C'était bon à savoir, parce que je n'avais pas l'intention que ce soit l'affaire d'une seule fois.

Je le caressai, glissant mes mains sur ses hanches, le bout de mes doigts effleurant le V qui menait plus bas. Puis je le contournai pour empoigner ses fesses, serrant et caressant son cul ferme, ignorant son érection qui pointait vers moi, fuyant toujours de liquide séminal.

— S'il te plaît, Anthony…

Je lui jetai un coup d'œil.

— Quelque chose ne va pas ?

Il m'adressa un faux regard courroucé.

— Tu me taquines.

Je frôlai ses bourses et effleurai son gland de ma langue.

— C'est mieux ?

Sans attendre de réponse, je léchai et traçai un chemin de baisers le long de son sexe, tirant doucement sur ses bourses. J'attrapai ses fesses et le plaquai vers moi, embrassant son ventre pendant que je jouais avec ses testicules.

— Oh, c'est incroyable.

Je le regardai en souriant.

— Comme je te l'ai dit, je n'ai même pas encore commencé.

Je retirai mon gilet et j'ouvris ma chemise avant de le reprendre entre mes lèvres. Ma tête montait et descendait, je ne manquai pas le moindre mouvement tandis que j'utilisais mes deux mains pour ouvrir mon pantalon et libérer mon propre sexe.

— Maintenant, tu es en train de frimer, dit-il, entre deux respirations haletantes.

Je m'arrêtai pour lui adresser un sourire machiavélique.

— Regarde, père Noël, sans les mains.

Je baissai la tête, piégeant son gland entre mes lèvres, et me masturbai pendant que je le suçais, le prenant plus profondément dans ma bouche. Ses mains se posèrent sur ma tête, me tenant fermement en place alors que ses hanches commençaient à se mouvoir. Sa respiration était erratique, ses frissons presque constants. Puis il s'immobilisa.

— Comment est-ce que tu te sens ?

Je m'arrêtai et l'observai en fronçant les sourcils. Il caressa ma joue, son regard rivé sur le mien.

— Qu'est-ce que ça fait d'avoir quelqu'un en toi ?

Il rougit.

— Tu n'imagines pas combien de fois je me suis sincèrement posé la question.

Je le contemplai avec incrédulité.

— Mais… tu es le père Noël. Tu aurais pu t'offrir des jouets. Et crois-moi, il en existe de très réalistes.

Il se mordit la lèvre.

— J'en ai livré tellement. Mais je n'ai jamais pensé à m'en servir.

— Alors laisse-moi te montrer.

Lorsqu'il m'adressa un coup d'œil, je souris.

— Laisse-moi te montrer ce que ça fait.

Sa respiration s'accéléra.

— Je… je ne suis pas sûr d'être prêt pour ça.

Il leva les yeux au ciel.

— Tu m'entends ? Je passe des siècles à rêver d'être avec un homme, et quand j'en ai enfin l'occasion, j'hésite !

— Hé, lui dis-je doucement. Tu as dit que tu voulais y aller lentement. Alors, c'est ce qu'on va faire, d'accord ?

Je l'embrassai sur les lèvres.

— Tu m'as également demandé d'être doux. Tu dois donc me faire confiance maintenant.

Je le forçai à s'asseoir une fois de plus sur le canapé.

— À quel point es-tu souple, père Noël ?

Son regard s'écarquilla.

— Je n'en ai pas la moindre idée, mais je suppose qu'on va très vite le découvrir.

Je fis descendre mon pantalon et le retirai, ma verge se dressant au garde-à-vous.

— Maintenant, nous sommes tous les deux entièrement nus. Heureux ?

— Je suis tout à fait pour l'égalité des chances.

Il sourit.

— Et moi qui trouvais ton peignoir sublime sur toi. Il ne rivalise pas avec ton corps nu.

Il déglutit.

— La beauté ne suffit pas pour le décrire.

La chaleur m'envahit.

— Laisse-moi te faire te sentir bien.

J'attrapai une jambe et la soulevai jusqu'à ce que

son pied repose à l'arrière du canapé, là où il était allongé, et que son autre pied soit sur le sol. Je caressai alors ses cuisses avec des mouvements lents et mesurés.

— Et voilà.

J'observais son anus serré. Un autre rougissement lui monta aux joues.

— Tu me vois comme personne ne m'a jamais vu.

— Alors, laisse-moi être le premier à te le dire.

Je frottai délicatement un de mes doigts contre son entrée.

— Tu as un très joli orifice.

— Existe-t-il une telle chose ?

Je croisai son regard.

— La beauté se trouve dans l'œil du spectateur, non ? Et je te le dis, ton anus est magnifique.

Je jetai un coup d'œil alentour.

— Un peu de lubrifiant serait bienvenu maintenant.

Il cligna des yeux, puis frissonna. Une bouteille de lubrifiant apparut par magie sur le sol à côté de nous. J'en versai sur mon index, puis l'enfonçai délicatement en lui. Il frissonna, rejeta la tête en arrière, ferma les yeux.

— Oh oui, là, je t'en supplie, n'arrête pas.

— Je ne te fais pas mal, n'est-ce pas ?

— Un peu, mais c'est une bonne douleur. Continue.

Je glissai mon doigt jusqu'à la première phalange, son corps se cramponnant à lui. Il était si chaud à l'intérieur, si serré. J'attendis un moment avant de plonger plus profondément, puis je recommençai. Son gémissement de plaisir fit chanter mon cœur. J'entrais et sortais lentement de lui, appréciant la manière dont son orifice m'aspirait.

— Attends, dis-je en souriant et en pliant mon doigt.

— Quoi… oh mon Dieu, qu'est-ce que tu viens de faire ?

Ses yeux se révulsèrent dans leurs orbites, et il se fondit contre le canapé.

— Père Noël, je te présente ta prostate.

Il m'observa fixement.

— Parle moins et recommence ce que tu viens de faire.

— Vos désirs sont des ordres, Monsieur.

Bientôt, il y avait deux doigts en lui. Je gardai mes mouvements lents et tranquilles et me penchai pour reprendre son sexe dans ma bouche. Je le suçai profondément et le baisai avec mes doigts jusqu'à ce que je puisse le sentir se tordre, incapable de demeurer immobile. Ses hanches se balançaient entre mes lèvres et contre mes doigts. Il s'enfonça dans le canapé en cuir, s'y cramponna, respirant rapidement, son ventre se contractant.

J'effleurai à nouveau sa prostate. Il trembla.

— Oh, je ressens…

Je recommençai encore et encore, jusqu'à ce que ses muscles internes se contractent autour de mes doigts. Je savais que nous y étions.

— Anthony… oh mon Dieu… Anthony… je pense… Oh…

La chaleur qui se répandit dans ma bouche ne fut pas une surprise. Et j'en avalai chaque goutte. Je gardai mes doigts en lui et nettoyai son sexe de ma langue. Lorsqu'enfin ses frissons s'apaisèrent, je me retirai, puis me couchai à ses côtés sur le grand canapé, mon sexe si dur qu'il me faisait mal.

— Je crois que c'est à mon tour de te faire du bien, dit-il.

Il enroula sa main autour de mon sexe et m'offrit trois ou quatre coups de poignet. Je jouis sur son ventre, le recouvrant de mon sperme. Il m'attira ensuite à lui pour m'embrasser alors que je planais encore.

Ça devait être l'orgasme le plus doux qui soit.

Lorsque j'eus terminé, je me lovai dans ses bras.

— Je n'en reviens toujours pas. Je viens de faire jouir le père Noël.

— Est-ce que c'est toujours comme ça ? murmura-t-il. Aussi… intense, écrasant.

Je relevai la tête pour pouvoir le regarder. Il m'embrassa sur les lèvres.

— Tu m'as offert tout ce dont je rêvais depuis si longtemps. Et oui, c'était incroyable, mais ce qui a rendu tout cela tellement… c'est parce que j'ai vécu ça avec toi.

Ses paroles firent écho à ce qui se trouvait dans mon cœur.

— Et nous en ferons l'expérience à nouveau, ensemble, lui assurai-je.

— Au moins, j'ai conscience que c'est tout ce que j'aurai jusqu'en décembre prochain.

Lorsque je le regardai, je fronçai les sourcils. Il

sourit.

— Noël n'arrive qu'une fois par année. C'est ce qu'on dit, n'est-ce pas ?

Ses prunelles étincelaient d'humour. Je poussai un gémissement.

— Je croyais que tu avais dit que nous ne devions pas faire de jeux de mots au sujet du père Noël.

Silencieusement, je fis une promesse. À Noël, je le ferais jouir autant de fois que je le pourrais. Après tout, il avait beaucoup de temps à rattraper. Il frissonna.

— Je ne sais pas pour toi, mais j'ai un peu froid.

De nulle part, une couverture apparut pour nous recouvrir. Je soupirai de bonheur.

— Je pourrais très bien m'habituer à ça.

Je me blottis contre lui, ma tête sur son épaule. Nous étions tous les deux humides de sueur, et c'était tout bonnement glorieux.

— Vivre avec la magie ?

— Oui.

Sauf que c'était un mensonge. Ce que je voulais dire, c'est que je pourrais très facilement m'habituer à vivre avec lui. Je me trompais, bien sûr. J'avais droit à une soirée par année, et cela devait être suffisant.

— Merci.

Il m'embrassa.

— Pourquoi ?

— Avoir rendu ma première fois si spéciale.

— Il faut être deux pour ça, tu te souviens ?

— Peut-être, mais je n'ai rien fait.

— Tu le feras la prochaine fois, lui promis-je.

— Sauf que la prochaine fois, c'est dans un an, dit-il tristement.

Il soupira.

— Je soupçonne que 2016 sera l'année la plus lente de l'Histoire.

— Pour quelle raison ?

Ses bras se resserrèrent autour de moi.

— Le temps est une chose inconstante. Il accélère lorsqu'on n'en a pas envie et il ralentit lorsqu'on attend que quelque chose arrive. Et j'attendrai la prochaine fois que je te tiendrai dans mes bras…

— Moi aussi, avouai-je.

— Tu n'as pas à attendre aussi longtemps.

Il m'adressa un regard sincère.

— Tu as ta propre vie à mener. Et si tu rencontres quelqu'un…

— Oh.

Je caressai sa barbe soyeuse.

— Il y a quelque chose que tu dois savoir.

Je le regardai droit dans les yeux.

— Je ne vais faire ça avec personne d'autre. D'accord ?

Il ouvrit la bouche.

— Je ne m'attends pas à ce que tu…

Je le réduisis au silence avec un baiser. Puis je m'écartai et le dévisageai.

— Il n'y a qu'un homme à mes yeux, tu comprends ?

Je ne l'avais pas dit clairement, mais il n'y avait qu'une seule implication qu'il pouvait tirer de mes paroles. Il me fixa en silence, et soudain son regard étincela. Il essuya ses larmes d'un revers de main.

— J'espère que les 365 prochains jours passeront vite.

Cela me prit un moment pour faire le calcul.

Merde. Une année bissextile.

— Un jour de plus ne nous tuera pas, murmurai-je.

Puis je fermai les yeux pour tenter d'oublier la perspective de devoir quitter son royaume, ses bras.

Quand j'avais 49 ans

2016

Ben avait l'air malheureux, et je ne pouvais pas l'en blâmer. Il me demandait de leur rendre visite pour les vacances depuis des mois, et chaque fois je lui répondais que je ne pouvais pas. J'arpentais mon salon, m'arrêtant de temps à autre pour regarder l'horloge.

Il sera bientôt là.

Le facteur était déjà venu, alors je savais qu'il avait pris du temps pour nous. La voix de mon petit frère s'insinua à travers mes pensées :

— Je ne comprends toujours pas pourquoi tu ne viens pas avec nous. Pourquoi voudrais-tu passer Noël tout seul ?

— Ce n'est pas que je veux être seul… j'ai des engagements…

Un engagement, qui m'emplissait l'esprit depuis la dernière veille de Noël.

J'avais des projets pour ce soir.

— Pendant les fêtes ?

— Oui. Allez, je vous ai vus il y a deux mois.

En disant cela, je me sentis coupable. Je n'avais pas besoin de me rajouter de la culpabilité vis-à-vis de Ben.

— Eh bien… soupira-t-il. Je suppose que je devrai attendre encore un peu. Ce n'est pas comme si nous n'avions pas déjà une maison remplie. La famille de Layla est présente. C'est juste que… tu es la seule famille qui me reste maintenant. Les jumeaux… ils ne cessent de me demander quand ils pourront revoir leur oncle Anthony.

Je devais faire quelque chose pour qu'il se sente mieux. C'était Noël, pour l'amour de Dieu.

— Je viendrai vous voir pour le Nouvel An.

Il marqua un temps d'arrêt.

— Vraiment ?

— Bien sûr. Ils me doivent des vacances de toute façon. Je n'utilise jamais tous mes jours de congés. Alors je serai là, il y a juste ce soir… ou je dois être ici. Je ne peux pas t'en dire plus.

Silence.

— Ben ?

— Oh mon Dieu.

— Quoi ? Qu'est-ce qui ne va pas ?!

Mon cœur battait à tout rompre.

— Je comprends mieux. Tu as rencontré quelqu'un.

Avant que je ne puisse répondre, il enchaîna :

— Quel est son nom ? Depuis combien de temps ça dure ? Est-ce que je peux le rencontrer ?

— Hé, ralentis. Qu'est-ce qui te fait croire que j'ai rencontré quelqu'un ?

— Parce que tu as des secrets. Tu ne me connais pas depuis tout ce temps ? Je sais que mon travail peut te faire croire que je pense différemment, mais ça ne me dérange absolument pas que tu aimes les hommes. Mon Dieu, j'étais tellement heureux quand tu nous l'as enfin avoué. Kris n'aurait très certainement pas été mon premier choix, et si je rencontrais ce salaud, je lui briserais les genoux pour t'avoir trompé.

— J'espère que ton évêque, ou celui à qui tu réponds, n'entend pas ton langage.

— Dès que nous aurons raccroché, je demanderai pardon à Dieu. Il ressent probablement la même chose à propos de ce ba… cet homme que moi. Je déteste l'idée que tu sois tout seul.

Une autre pause.

— Tu n'es pas seul, n'est-ce pas ?

Je pris une profonde inspiration.

— D'accord… je ne suis pas seul… mais… c'est compliqué, d'accord ?

— Dieu merci.

Encore une pause.

— Tu ne m'en diras pas plus ?

C'était tout ce que je pouvais lui offrir.

— Pour l'instant, non. Mais je te promets que je serai là pour le Nouvel An.

— Est-ce que tu peux l'amener avec toi ?

Mon cœur se serra.

— J'aimerais pouvoir, mais c'est impossible.

— Tout va bien. Au moins, j'aurai l'occasion de voir mon grand frère. Et tu ferais mieux de te préparer à l'idée que nous débarquions l'an prochain. Je dois t'aider à célébrer le grand 5, tu te souviens ?

On pourrait croire qu'un battement de cils s'était

passé depuis que le père Noël avait mentionné que j'avais quarante ans. Où étaient passées toutes ces années ? Et pourquoi avaient-elles défilé si rapidement ? Il n'y avait qu'une seule manière pour moi de célébrer mon demi-siècle, et ce serait impossible.

— Bien sûr, nous pourrons en parler lorsqu'on se verra.

Un bruit de fond m'informa que la conversation était terminée.

— Je te ferai savoir quand mon vol arrivera, d'accord ?

Je me chargerais de ça après Noël.

— Layla et les enfants vont être tellement heureux de te voir. Joyeux Noël, grand frère.

— Joyeux Noël, gamin.

Je me raclai la gorge.

— Oh, et Ben ? Est-ce que je peux m'excuser maintenant ?

— Pour quelle raison ?

— Quand Becca ouvrira son cadeau de Noël… ne me déteste pas, d'accord ? J'ai essayé de lui trouver quelque chose que je pensais qu'une jeune fille de quatorze ans adorerait.

— Oh mon Dieu ! Qu'est-ce que tu lui as envoyé ?

Je gloussai.

— Tu le découvriras demain.

Il grogna.

— Je prierai pour toi ce soir lorsque je ferai mon service de chant de minuit.

Je raccrochai. Becca allait adorer son kit de tatouages pailletés. Qui tenaient pendant sept à dix jours. Je réalisai alors qu'il n'y avait plus aucun bruit autour de moi. Sans même me retourner, je souris.

— Je sais que tu es là.

— Je voulais te laisser terminer ton appel. Est-ce que tout va bien ?

Je me tournai vers lui. Il se tenait près du sapin, sa longue cape arborant toujours la même nuance de rouge, sa barbe presque camouflée par la fourrure blanche du costume. Cette vision me réchauffa le corps et l'âme.

— C'était mon frère. Je vais les voir pour le Nouvel An.

Il fronça les sourcils.

— Pourquoi n'y es-tu pas allé pour Noël ? J'aurais compris. La famille est importante.

— Parce que si ça avait été le cas, je n'aurais pas pu te voir, et il aurait peut-être été un peu difficile d'expliquer ta présence chez eux.

Tout ce que je ressentais depuis un an, tout ce désir, ce chagrin, cette anticipation, jaillit en moi. Il ouvrit grand les bras, et je courus m'y réfugier. Nos lèvres se trouvèrent, et nous nous abreuvâmes l'un et l'autre, des bruits joyeux que nous fîmes en nous embrassant, nos bras enlacés.

— Tu m'as tellement manqué, murmura-t-il.

La partie la plus difficile de ne pas le voir pendant un an ? Je n'avais rien sur quoi me concentrer, rien pour me rappeler sa présence.

— Tu sais ce que je veux pour Noël ? Une photo de toi. Quelque chose que je pourrai regarder quand tu n'es pas là.

Quelque chose à qui je pourrais parler. Contempler. Fantasmer. Il sourit.

— Je peux arranger ça.

Il pencha la tête d'un côté.

— Est-ce que tu es prêt ? Le dîner nous attend.

J'avais d'autres appétits à apaiser avant ça.

— Est-ce que ça peut attendre un peu plus longtemps ?

Je l'embrassai doucement.

— J'ai tellement envie de toi, lui chuchotai-je à l'oreille.

Il s'empara de ma main et la posa sur son entrejambe.

— Pas autant que je te veux.

Oh mon Dieu, il était si dur.

— Je ne peux pas te dire combien de fois j'ai pensé à…

Il fit courir ses doigts sur mon sexe et son regard croisa le mien.

— À avoir ça en moi.

Sa voix devint rauque.

— Moi aussi, à tel point que ça en devient douloureux.

Il tourna son regard vers le plafond et éclata de rire. Je fronçai les sourcils.

— Qu'est-ce qu'il y a de si drôle ?

Il sourit.

— Les filles meurent d'impatience de te voir. Je les entends piétiner le sol d'ici.

— J'adore la façon dont on parle d'elles.

Je me penchai pour embrasser le bout de son nez.

— Il est temps de faire un tour en traîneau.

Je me rappelai d'un truc.

— Attends une seconde. Je dois apporter quelque chose.

Il se figea.

— Tu n'auras pas besoin… de fournitures, si c'est ce à quoi tu penses. Pas avec moi.

Son regard scintilla.

— Mis à part le lubrifiant, je ne suis pas si magique.

Je me libérai de son étreinte, récupérai mon portable, puis jetai un coup d'œil dans la pièce.

— Qu'est-ce que tu cherches ?

— Mon enceinte Bluetooth. Je veux qu'il y ait de la musique lorsque nous serons chez toi.

J'avais passé un an à chercher les 70 chansons stockées sur mon portable. Il y en avait pour plus de trois heures d'écoute, et j'avais l'intention d'utiliser chacune de ces minutes à bon escient. Il s'esclaffa.

— Ça, je peux m'en charger.

Il tendit la main.

— Viens avec moi. Je te ramènerai ici à l'aube.

Des mots qui étaient à la fois une douce musique à mes oreilles, ainsi qu'une douleur profonde dans mon cœur.

Nous entrâmes dans sa maison, il ferma la porte, et ce fut comme si quelqu'un venait d'appuyer sur un bouton. Je comblai l'écart entre nous en un battement de cœur, incapable de m'empêcher de le toucher, de l'embrasser, de sentir ses mains se poser sur ma taille, sur mon cul… je le plaquai contre le mur, l'épinglant de mon corps.

— Bonjour à toi aussi, murmura-t-il entre deux baisers.

Je le regardai dans les yeux, ma main posée sur sa joue.

— Tu m'as manqué. Ta voix, ton toucher, ton rire m'ont manqué… j'avais presque oublié à quoi tu ressembles.

Il prit mon visage entre ses deux grandes paumes et m'embrassa en un baiser brûlant qui fit se recroqueviller mes orteils.

— Chaque fois que j'avançais dans cette maison, je me souvenais de l'endroit où tu te tenais.

Son regard étincela.

— Au fait, j'ai gardé le canapé dans le bureau. Je m'y suis assis plus de fois que je ne veux l'admettre, en me rappelant de nous.

— C'était dur, cette année.

Une autre série de baisers fervents et touchants s'en suivirent. Je ne voulais pas que ça finisse.

— Est-il possible de rattraper toute une année de baisers avant de manger ?

Il gloussa, puis enfouit son visage contre mon cou, sa barbe éraflant doucement ma peau.

— J'espérais que nous ferions plus que de nous embrasser.

Ses paroles vibrèrent en moi. Je m'écartai pour pouvoir le regarder.

— Je me souviens de ma promesse. Nous ferons ça bien et lentement, d'accord ?

— Et doucement. N'oublie pas, doucement.

Je souris, puis me penchai pour l'embrasser sur les lèvres, en un baiser insistant qui ne fit rien pour apaiser la fièvre présente dans mon sang. Je n'avais jamais été aussi conscient du temps qui m'était imparti, un temps qui allait m'éloigner de lui.

— Oui, nous le pourrions, admit-il. Mais ensuite, nous nous priverions d'un nouveau souvenir. Quelque chose pour nous aider à tenir tous les deux jusqu'à l'année prochaine.

Il prit à nouveau mon visage en coupe.

— Je sais, Anthony. Nous n'avons pas beaucoup de temps. Mais je vais faire en sorte d'étirer cette bulle temporelle autant que possible, et nous nous assurerons que chaque seconde compte.

Je l'embrassai.

— Pourquoi ne pas t'habiller avec quelque chose de plus confortable ? Je suis certain que tu ne portes pas ce costume tout le temps.

Il s'esclaffa.

— Je reviens tout de suite.

Je fronçai les sourcils.

— Tu ne comptes pas simplement claquer des doigts ?

Il m'adressa un clin d'œil.

— Je possède un placard, tu sais.

Il m'offrit un baiser, puis quitta la pièce. Je me

sentais déchiré en deux, par l'anticipation de le revoir et celle de le perdre à nouveau après seulement une seule nuit.

— Est-ce que c'est bon ?

Je détachai mon regard d'un nouvel autoportrait et découvris le père Noël portant un jean et un pull coloré. Un renne dansait sur son torse. Sa tête chauve étincelait.

— J'adore ce look.

Je me mordis la lèvre.

— Tu as toute une collection de pulls de Noël, pas vrai ?

Ses joues qui rougirent me confirmèrent que c'était bel et bien le cas.

— C'est évident. Mais de mon point de vue, tu n'as pas besoin de porter de vêtements.

Je souris.

— J'ai entendu dire que manger entièrement nu est sacrément agréable.

Il ricana.

— Pas dans cette maison.

Je désignai le portrait.

— Il est nouveau.

Il hocha la tête. Je l'étudiai.

— C'est peut-être mon imagination, mais tu as l'air un peu triste sur ce portrait.

— C'est parce que je l'étais. J'avais pensé à toi toute la journée. Je suppose que ma mélancolie s'est glissée jusque dans ma peinture.

Mon cœur se serra.

— Je ne veux pas que tu te sentes triste.

Je détestais l'idée de le savoir tout seul, ici… à penser à moi sans pouvoir m'atteindre.

— C'était environ six mois après ta visite, selon votre calendrier, bien sûr. J'ai commencé un nouveau tableau parce que je pensais que ça m'aiderait à me changer les idées.

Son sourire n'atteignit pas ses yeux.

— J'avais peu d'espoir.

Une idée me vint à l'esprit, alors je n'hésitai pas.

— Est-ce que tu pourrais me peindre un jour ?

Il me contempla fixement.

— Comme si nous avions beaucoup de temps à passer ensemble ?

Il soupira.

— Je suis désolé. Ça semblait amer. Donc, avant de prononcer des paroles que je vais regretter, il y a quelque chose que j'aimerais te montrer.

Il me conduisit à travers la maison, jusqu'à la porte arrière, et nous sortîmes sous le soleil. Je me trouvais dans un jardin, où il y avait de nombreux bacs, avec de la verdure jaillissant dans chacun d'entre eux. J'aperçus des arbres d'où pendaient des pommes, des cerises, des poires… les framboisiers grimpaient sur des cannes à sucre.

— C'est génial. Qu'est-ce que tu cultives d'autre ?

— C'est plus facile de me demander ce que je ne cultive pas. Il y a des carottes, des haricots, des pois, des pommes de terre, des radis, des oignons, de l'ail…

Il poussa un soupir satisfait.

— J'adore passer du temps ici. Ça me calme. Ça m'aide à me sentir bien. Cependant, la magie joue un petit rôle. Mes fruits et légumes poussent toute l'année. Lorsqu'ils sont prêts à être récoltés, ils le restent jusqu'à ce que je le fasse. Puis je recommence à planter.

— J'ai une confession à faire.

Il fronça les sourcils.

— Je t'écoute.

— Le soir où je t'ai rencontré ? Lorsque tu as mangé les biscuits de ma mère ? Je… je ne savais pas que tu pouvais manger. Je pensais que tu… que tu faisais disparaître les biscuits et le lait pour aider les gens à se sentir bien.

Il ricana.

— Je suis peut-être un peu magique, mais même les êtres comme moi ont besoin de manger.

Il tendit sa main une fois de plus. Je m'en emparai, et nous retournâmes à l'intérieur.

— J'aime que tu fasses cela, lui dis-je en fermant la porte.

Il m'adressa un regard empli de curiosité.

— Me tenir par la main.

— Les mains sont faites pour être tenues, répondit-il tranquillement. Elles sont aussi faites pour toucher, caresser, poursuivit-il en souriant.

Il s'arrêta devant une porte rouge.

— Je n'ai pas eu l'occasion de te la montrer la dernière fois.

Il l'ouvrit, et nous pénétrâmes dans une pièce lumineuse et aérée, dont le centre était un lit.

Un lit vraiment très large.

Oh mon Dieu, les images qui me traversèrent l'esprit… je me mis à rire.

— As-tu vraiment besoin d'un lit d'une telle taille ? Tu dois vraiment beaucoup bouger lorsque tu dors.

La fièvre dans mon sang était revenue, me pressant d'oublier de prendre mon temps et me poussant à nous dévêtir tous les deux, maintenant.

— Le lit est tout neuf. Je l'ai choisi juste pour nous.

— Alors, le père Noël dort ?

— Bien sûr que oui.

Son regard croisa le mien.

— C'est dans ces moments-là que je rêve de toi.

Ma gorge se serra.

— Je rêve de toi aussi.

Et sans un mot de plus, nous fûmes à nouveau dans les bras l'un de l'autre, nos lèvres scellées, chaque baiser devenant de plus en plus sexy alors que nous retirions nos vêtements, l'un après l'autre, jusqu'à ce que nous soyons entièrement nus.

Le bruit sourd de mon pantalon touchant le sol me ramena à la réalité. Je le relâchai, et récupérai mon téléphone dans ma poche.

— À propos de notre conversation…

Il claqua des doigts et une enceinte Bluetooth

apparut sur la table de chevet. Je m'y connectai et appuyai sur la touche play. Les premières notes que j'avais sélectionnées s'élevèrent dans la pièce. Il sourit.

— C'est parfait.

Je posai mon téléphone sur la table de chevet.

— J'ai prévu trois heures de perfection musicale.

Il toussota.

— Je suppose que nous dînerons tard.

Je m'approchai, jusqu'à ce que nos corps se touchent, sa peau réchauffant la mienne.

— J'ai vraiment besoin de cette photo, lui dis-je.

L'année précédente, j'avais essayé de figer son image dans mon esprit, mais à mesure que les jours passaient, il s'effaçait de ma mémoire.

— Tu en auras une. Et moi aussi.

Il baissa les yeux.

— Est-ce que je peux te regarder ?

— Bien sûr que oui, murmurai-je. Je compte bien faire la même chose.

Ses mains pendaient à ses côtés, alors je saisis son poignet et posai sa paume sur mon torse, la pressant contre mon cœur.

— Tu peux aussi toucher, tu sais.

Lentement, très lentement, il enroula son bras autour de mon cou, et nos bouches se trouvèrent, alors que nos corps se touchaient du torse à l'aine. Je le pris dans mes bras, l'enlaçant, son érection si dure contre la mienne.

Enfin.

Nous sommes ensemble.

Il fit courir sa main le long de mon corps jusqu'à mon sexe, le bout de ses doigts le caressant avec une révérence qui fit chanter mon cœur.

— Je pensais faire de la céramique mon nouveau passe-temps.

Je clignai des yeux.

— D'où est-ce que ça vient ?

Son regard étincelait.

— Je voudrais faire un modèle de ton pénis.

— Et pourquoi ça ?

Il fronça les sourcils.

— Pour que je puisse ensuite le mouler en silicone. Et enfin… l'apprécier lorsque tu n'es pas là.

Je le contemplai fixement.

— Maintenant, je sais quoi t'offrir pour Noël prochain.

Je souris.

— Il existe un kit qui permet de faire le moulage d'un pénis.

Il ouvrit la bouche.

— Ça existe vraiment ? Je pensais que c'était une blague.

Je gloussai.

— Toi et moi allons prendre beaucoup de plaisir à te choisir des jouets.

Sauf qu'on n'en avait pas le temps, n'est-ce pas ?

Son regard croisa le mien.

— En ce moment, j'ai envie de passer du temps avec le vrai toi.

Il me fit reculer jusqu'à ce que mes jambes

heurtent le bord du matelas, puis il me poussa jusqu'à ce que je retombe sur le lit.

— J'ai attendu toute une année.

Il s'agenouilla devant moi et contempla ma verge.

Quand je réalisai la vérité

Il le caressa du bout des doigts, l'étudia, analysa sa texture.

— Quel joli pénis.

— Et il est tout à toi, murmurai-je.

Mon gland était déjà mouillé de liquide séminal. Je ne pouvais pas arracher mes yeux de ma contemplation de son beau visage, arborant une expression de concentration intense. Il raffermit sa poigne, glissa sa main de haut en bas sur mon érection, tandis que je poussais mes hanches vers le haut pour obtenir davantage de friction. Nos souffles s'accélérèrent. Il prit mes bourses dans une de ses mains, les caressa, les taquina, jusqu'à ce qu'enfin il frotte son pouce sur mes fesses, avant d'atteindre mon orifice.

Mon souffle s'arrêta.

Il sourit.

— Ce sera pour une autre fois.

Il me regarda dans les yeux tandis qu'il se rapprochait, se rapprochait, se rapprochait encore, jusqu'à ce qu'enfin son souffle effleure mon gland. Sans rompre le contact visuel, il le caressa de sa langue.

Je ne me souvenais pas de la dernière fois où j'avais ressenti cette exquise sensation.

Je ne pouvais pas dire combien de temps cela

faisait que j'avais envie de sentir ses lèvres sur mon sexe.

Il ferma les yeux, comme s'il savourait l'instant. Puis il les rouvrit, se concentrant sur mon visage, et prit mon gland entre ses lèvres.

Enfin.

Je frissonnai lorsqu'il s'écarta.

— Refais-le, le suppliai-je.

La musique créait une ambiance magique autour de nous et faisait grimper mon désir, mon besoin, toujours plus haut. Ses doigts caressaient mon sexe avec des mouvements fermes vers le haut. Il s'arrêta pour me lécher sur toute ma longueur, puis m'embrassa de la base jusqu'à la pointe, suivi par un astucieux léchage de ma fente d'où fuyait mon liquide séminal.

Je lui caressai les cheveux. Il releva le menton pour pouvoir me regarder.

— Je pourrais passer toutes mes journées à savourer ton pénis.

Je m'esclaffai.

— Et je te laisserais faire, à condition de pouvoir en faire de même avec le tien.

Sauf que nous savions tous les deux que ce ne serait jamais une option. Ce n'était qu'un fantasme.

Il marqua un temps d'arrêt.

— Plus ?

Je frissonnai.

— S'il te plaît.

Il me prit dans sa bouche, sa tête se balançant d'avant en arrière pendant qu'il me suçait, ma main reposant légèrement sur l'arrière de son crâne. Je compris qu'il était allé un peu trop loin lorsqu'il s'étouffa, alors je relevai son menton avec mes doigts.

— Ce n'est pas nécessaire d'aller aussi loin.

Il m'observa, les yeux et les lèvres humides, les joues rougies.

— Mais… je le veux. Je veux te faire du bien, comme tu m'en as fait à moi.

Mon souffle était erratique.

— Tu l'as fait avec ton premier baiser.

Il se jeta dans mes bras, et nous nous embrassâmes, réaffirmant notre connexion, l'approfondissant. Il était d'ailleurs plus que temps d'approfondir les choses. Je pris sa mâchoire entre mes doigts.

— Ma queue est prête. Il est temps que j'en fasse de même avec ton orifice.

— Je n'ai pas envie d'arrêter, protesta-t-il.

— Tu n'as pas à le faire.

Je bougeai sur le lit jusqu'à être parfaitement allongé dessus.

— Si tu t'installes sur mon visage, de façon à regarder mes pieds, tu pourras toujours me sucer, et ton cul sera là où je le veux.

Il se mordit la lèvre.

— Ça semble compliqué. Je crois que je pourrais avoir besoin d'un schéma.

Nous ricanâmes tous les deux. Puis il s'exécuta, jusqu'à s'agenouiller au-dessus de moi.

— Comme ça ?

— Juste comme ça. Peut-être que tu peux écarter

un peu plus les jambes ?

Il se pencha vers l'avant, sa main enroulée autour de mon sexe.

— Comme ça ?

Je frissonnai lorsque je sentis sa bouche chaude et humide envelopper mon gland.

— Parfait.

Je caressai ses fesses fermes.

— Maintenant, il faut juste que tu arrives à continuer à me sucer.

Il se retourna pour m'observer fixement.

— Pourquoi voudrais-je arrêter ?

Je me mordis la lèvre.

— Tu risques d'être un peu distrait.

J'écartai ses fesses, révélant son anus serré, et le léchai.

— Un peu distrait ?

Il frissonna.

— Est-ce que ça se fait ? Les hommes font ça ?

— Tu n'as jamais regardé de porno ?

— Bien sûr que si. Et non, je n'ai jamais pratiqué.

— Pourquoi pas ?

Je frottai mon pouce sur son entrée. Il frissonna.

— Je pensais que si je commençais, je n'arrêterais peut-être pas. Au cas où tu ne l'aurais pas compris, j'ai une personnalité un peu obsessionnelle. Je donne tout à 100 %. Et la dernière chose que je désirais, c'était que mon temps défile alors que j'étais collé à un écran, à regarder d'autres hommes profiter de ce dont je ne pouvais pas profiter moi-même.

Je savais qu'il avait raison. Cela aurait été semblable à de la torture.

— Tu es un homme sage. De plus, tu n'as plus besoin de porno maintenant… tu m'as, moi.

Je souris.

— Tu veux vraiment discuter, ou tu préfères sauter la leçon technique et passer directement à la partie pratique ?

Il gloussa, et l'instant d'après, reprit ses succions.

— Mon Dieu, tu es doué pour ça.

Il m'avala plus profondément et gémit autour de mon sexe, ce qui fit naître de petites décharges d'électricité dans tout mon corps.

Un tel talent exigeait une récompense appropriée.

J'écartai à nouveau ses fesses et plongeai mon visage, laissant son odeur grisante et musquée m'envahir.

Quelle belle vision.

— Waouh. Le père Noël a un cul poilu, et un trou tout aussi poilu.

Il frissonna alors que je frottais le bord de ma main contre sa raie. Il se tortilla pour pouvoir m'observer.

— Dois-je me raser ?

— Tu te souviens de ce que tu m'as dit lorsque j'ai suggéré de raser ma barbe ? Je vais te citer.

Je le fixai :

— Ne t'y avise pas.

— Dieu merci.

Sur quoi, il recommença à sucer et lécher ma verge, jusqu'à ce que ce soit moi qui sois distrait. Je dilatai son entrée, la travaillant avec ma langue, la léchant, l'explorant.

— A… Anthony.

Je marquai un temps d'arrêt.

— Ça ne te plaît pas ?

— « Aimer » est un mot beaucoup trop faible.

Je souris.

— Alors c'est que je fais les choses bien.

Je plongeai ma langue dans son anneau de muscles, la sentant se détendre à chaque gémissement qui s'échappait d'entre ses lèvres. Peu de temps après, j'avais mal à la mâchoire, ses supplications étaient constantes, et il ne pouvait plus rester immobile.

Il était fin prêt pour recevoir mes doigts.

J'humidifiai mon index autant que possible, avant de le glisser en lui.

— Oh, c'est aussi agréable que l'an dernier.

Je ris.

— Ça va être un pas en avant par rapport à l'an dernier.

Je le baisai avec mon doigt, jusqu'à ce qu'il se repousse contre ma main, en exigeant davantage.

— Anthony… fais-le, me supplia-t-il.

— Faire quoi ?

Je tordis mon doigt en direction de sa prostate et des frissons le traversèrent de part en part.

— Oh, tu voulais dire ça ?

Je recommençai, puis ajoutai un deuxième doigt, étirant son orifice pendant qu'il continuait à me sucer, tout en s'arrêtant de temps à autre pour haleter lorsque j'accélérais, son corps crispé autour de moi.

— Je dois être en toi, murmurai-je.

En un battement de cœur, il changea de position afin de pouvoir me faire face, et s'agenouilla à mes côtés sur le lit, son érection dressée, épaisse et longue.

— Comment veux-tu qu'on fasse ?

— Si tu me chevauches, ce sera plus facile pour toi.

Je jetai un coup d'œil au lit.

— Une fois que nous aurons trouvé du lubrifiant.

La bouteille apparut à proximité de ma main gauche, alors j'en étalais dans ma paume. J'en recouvris mon sexe et le tins fermement en place.

— D'accord. Tu vas pouvoir t'asseoir dessus. Prends ton temps. Je ne bougerai pas tant que tu ne m'auras pas donné le feu vert.

Il chevaucha mes hanches et je guidai mon sexe jusqu'à son entrée. Il se pencha en arrière, prit le contrôle, se déplaça légèrement, sa respiration se faisant haletante, jusqu'à ce qu'enfin mon gland entre en lui.

Il inclina alors la tête et ses paumes se posèrent sur mon torse.

— Oh, oh mon Dieu !

Lorsqu'il releva la tête, mon cœur rata un battement en voyant ses yeux scintiller.

— Enfin. J'ai attendu si longtemps.

— Je sais. Tu as attendu des siècles, conclus-je, en me forçant à demeurer immobile.

Il se figea, puis se pencha vers l'avant, jusqu'à ce que ses lèvres soient si proches des miennes qu'elles les touchaient presque.

— Non, tu ne comprends pas. J'ai attendu si longtemps que tu apparaisses dans ma vie.

Il m'embrassa, en un baiser doux et sans hâte qui nous unit, qui nous lia ensemble.

Nous ne faisions plus qu'un.

— Je ne vais plus pouvoir rester immobile, murmura-t-il.

Je caressai tendrement son dos avec des cercles tranquilles, une main posée sur sa hanche. Ma respiration était aussi erratique que la sienne, alors qu'il s'empalait sur mon sexe, prenant son temps, jusqu'à ce que je sois finalement entièrement plongé en lui.

— Je me sens tellement… plein.

Mon regard restait rivé sur son visage.

— Respire, chéri.

Ses pupilles s'élargirent, et son expression de ravissement fit battre mon cœur plus vite.

— Maintenant, je sais… ce que ça fait d'être… si vivant.

Il se pencha pour m'embrasser, j'inclinai mes hanches, me mouvant avec lui, ne voulant pas rompre notre connexion. Je caressai sa barbe, sa joue, nos souffles se mêlant tandis que nous nous embrassions. J'étais conscient de chaque petit mouvement qu'il faisait, son corps enroulé autour de mon sexe, si serré, si chaud.

Il me regarda droit dans les yeux.

— Je suis si heureux de t'avoir attendu.

— Pour quoi ?

Il m'embrassa.

— Pour faire ça avec toi, et pas avec un jouet. Parce que ça doit être le sentiment le plus génial de l'univers.

Il claqua ensuite des doigts, et un miroir apparut à côté du lit.

— Je veux nous regarder.

Il posa ses mains à plat sur mon torse et ondula des hanches, observant notre reflet.

— Nous sommes magnifiques, n'est-ce pas ?

Il hocha la tête.

— Nous avons l'air parfaitement assortis.

Il me contempla ensuite :

— Est-ce qu'on peut faire durer les choses ?

— Je tiendrais jusqu'à l'aube si je le pouvais.

Je souris.

— Ou du moins jusqu'à ce que la musique s'arrête.

Sa respiration s'accéléra.

— Fais-moi l'amour jusqu'à ce que la musique s'arrête dans ce cas.

Le temps se figea pour nous tandis que nous nous déplacions à l'unisson, en un rythme gracieux et sensuel, la musique nous enveloppant, augmentant notre excitation, nous poussant vers le but que nous cherchions tous les deux désespérément à retarder. Et quelque part au milieu de cette merveilleuse connexion, je réalisai quelque chose.

Je l'aimais.

Je l'aimais, corps et âme.

J'effleurai ses lèvres avec mes doigts, la respiration courte alors qu'il se balançait d'avant en arrière, mon sexe entrant et sortant de son corps chaud. À peine une minute s'écoulait sans que nous nous arrêtions pour nous embrasser, pour nous reconnecter, pour nous regarder dans les yeux alors qu'il chevauchait ma queue, en prenant de la vitesse, ses gémissements se multipliant.

— Je ne veux pas que ça s'arrête, s'écria-t-il en cambrant le dos et en roulant des hanches.

— Il le faut, pour que la prochaine fois soit encore meilleure.

Ma voix emplit toute la chambre.

— Tu me le promets ?

Je traçai un chemin sur son torse avec mon doigt.

— Sur mon cœur.

Il jouit, tremblant dans mes bras à chaque secousse due à son orgasme, à chaque pulsation de sa verge. Je m'efforçai de le tenir contre moi, de l'embrasser, de lui murmurer que je ne le laisserais jamais partir…

Quand bien même je savais que je devrais le faire quand l'aube se lèverait dans mon propre royaume.

J'embrassai son front.

— À mon tour.

Il hocha la tête, s'assit bien droit, mon érection toujours enfouie au fond de son corps. Je bougeai les hanches, une, deux, trois fois, avant de crier alors que mon corps se crispait contre lui, le remplissant. Ses yeux s'écarquillèrent.

— Anthony. Je te sens.

J'étais incapable de parler. Ma gorge se serra à cette vision, son torse étincelant, son corps frissonnant. Je lui tendis la main, et il s'écroula sur moi, avant que nos lèvres fusionnent en un long baiser passionné. Nos deux corps glissant de sueur l'un contre l'autre.

Je t'aime.

Je n'allais pas le lui dire. Pas même alors que je le tenais dans mes bras. Nous vivions dans différents royaumes, qui se chevauchaient seulement une nuit par an. Partager ce que je ressentais pour lui ne ferait que nous faire souffrir tous les deux.

Nous étions couchés sur le lit, la sueur séchant sur nos corps, nos rythmes cardiaques retrouvant un rythme normal. Sa tête reposait sur mon torse.

— J'écoute les battements de ton cœur, murmura-t-il. Est-ce bizarre de vouloir les enregistrer ?

Je gloussai.

— Très bizarre.

Il se redressa sur un coude.

— Je veux dire, pour pouvoir l'écouter la nuit. Je suis certain de pouvoir réussir à mieux m'endormir de cette façon.

Je le contemplai fixement.

— Tu as du mal à t'endormir ?

— Parfois. Mon problème est habituellement de rester endormi. Je me réveille, il fait noir, et je tends la main dans ta direction.

Je ne connaissais que trop bien ce scénario.

— Alors trouvons un moyen de les enregistrer. Tant que je peux en faire de même ?

Il sourit.

— J'aime beaucoup cette idée.

Il fronça le nez.

— Je pense que nous avons besoin d'une douche.

— Pas encore.

De nulle part apparut un appareil photo Polaroïd.

— J'ai toujours voulu faire ça.

Il se coucha à nouveau à mes côtés, leva l'appareil dans les airs et prit des photos de nous, dans les bras l'un de l'autre. Il s'arrêta lorsqu'il en eut pris dix, et les posa sur la table de nuit, en faisant un clin d'œil à l'objectif.

— Ça suffira pour se souvenir de cette soirée ?

Je l'embrassai.

— Qu'est-ce qui te fait croire que je pourrais oublier ce que nous avons vécu ?

Je savais que ce serait gravé dans ma mémoire, enfermé dans mon cœur pour toujours.

Parce que c'est la nuit où j'ai compris que j'aimais le père Noël.

C'était aussi la première fois que je m'avouais la vérité.

Une nuit par an ne pourra jamais suffire…

— Je sais que je n'oublierai jamais, soupira-t-il. Nous devrions aller manger.

— Et après ?

Il se mit à rire.

— Nous pourrions revenir au lit jusqu'au moment

pour toi de partir.

Il caressa ma joue.

— Je vais mettre une alarme, au cas où nous nous endormirions.

M'endormir dans ses bras représentait le paradis à mes yeux.

— Faisons ça.

Ça m'avait pris des années pour guérir après que Kris m'avait brisé le cœur, tellement que j'avais oublié à quel point l'amour pouvait blesser. Parce que j'aimais le père Noël, et que mon cœur se brisait en sachant que je ne pouvais pas le garder.

Quand j'avais 50 ans

2017

Le dîner était terminé et nous étions dans le salon. J'admirais ses tableaux, mais mon esprit était ailleurs… ou plus précisément, quelques heures plus tôt.

Dès le moment où nous étions arrivés, la soirée s'était transformée en une réédition de la veille de Noël précédente. Nous avions à peine franchi le seuil de la porte qu'il m'attirait vers sa chambre et que je le laissais me retirer mes vêtements avant que nous n'atteignions le lit.

— Tu m'as manqué, avait-il laissé échapper alors que nous nous embrassions, que mes lèvres redessinaient son visage, son cou, son torse…

— Ne parle pas, embrasse-moi.

Nous avions une année à rattraper.

Et puis nous devrions encore patienter une année. Puis une autre. Et une autre encore.

Était-ce cela que mon avenir était devenu… une période sans fin d'années à vouloir désespérément être avec lui, ponctuées par de brefs instants de joie ?

— À quoi est-ce que tu penses ?

Je sursautai. Il se tenait à côté de moi, brandissant une flûte de champagne.

— Est-ce qu'on fête une occasion spéciale ?

— Chaque minute que je passe avec toi est une occasion spéciale.

Ses paroles ne contenaient aucune trace d'humour ni de moqueries. Et à la manière dont son regard se verrouilla sur moi, je compris qu'il y aurait davantage d'action avant la fin de la nuit.

— Je voulais simplement te souhaiter un joyeux anniversaire tardif.

Nous soulevâmes nos coupes.

— J'espère que c'était un bon anniversaire.

— Ça l'était, admis-je. Ben et sa famille sont venus me rendre visite pendant une semaine avant d'aller à Disney World.

Ben et Layla avaient promis aux jumeaux de les y emmener depuis qu'ils étaient assez vieux pour exiger d'y aller. Il n'y avait qu'une seule chose qui aurait rendu mon anniversaire parfait, c'était s'il avait été à mes côtés. Mieux valait tard que jamais, pas vrai ?

— Maintenant, dis-moi ce que tu as en tête. Tu semblais très loin.

Je sirotai mon champagne.

— J'étudiais tes peintures.

Le mur devant moi en était rempli.

— Elles sont vraiment belles.

Il était facile de repérer les différences entre ses efforts antérieurs, bien qu'aucune d'entre elles ne soit datée, elles n'avaient pas besoin de l'être… et ses travaux plus récents. Les coups de pinceau étaient plus raffinés, l'utilisation des couleurs plus sophistiquée.

— Merci. Comme je te l'ai déjà dit, j'y travaille

depuis longtemps.

Il avait parfaitement saisi la vue autour de sa maison. Il y avait des paysages époustouflants montrant les montagnes enneigées, les collines verdoyantes, l'océan turquoise…

— Dans quelle mesure as-tu déjà exploré ce paysage ?

— Pas autant que je le voudrais.

— Pourquoi ça ?

Il soupira.

— C'est difficile à expliquer, mais… quand je me promène dans les montagnes ou sur l'océan, c'est comme si… tout était trop grand pour moi.

— Et si nous l'explorions ensemble ?

Il sourit.

— J'adorerais ça.

— Alors nous le ferons.

Il demeura silencieux un instant, puis se racla la gorge.

— En réalité… je voulais te poser une question.

Lorsqu'il se racla à nouveau la gorge, je lui jetai un coup d'œil curieux.

— Tu peux me demander n'importe quoi. Je n'ai aucun secret pour toi.

Sauf que ce n'était pas vrai, n'est-ce pas ? Je gardais un énorme secret, que je n'avais aucunement l'intention de lui révéler.

— Tu te souviens de l'an dernier ? Nous discutions de mes peintures, et tu m'as demandé…

Oh ! Je me rappelais.

— Je t'ai demandé si tu envisagerais de me

peindre.

— C'est juste que… je n'ai jamais eu quelqu'un à peindre.

Il sourit.

— Il n'y a jamais eu personne ici, à part toi.

Je redressai la tête.

— En es-tu sûr ? Je veux dire, je ne sais pas à quelle vitesse tu es capable de peindre, mais même si tu travaillais aussi rapidement que le vent, je ne pense pas que tu pourrais finir ce tableau avant…

Avant que je parte.

Son visage s'éclaira.

— Si, j'en suis certain. S'il te plaît, accepte.

Il m'observa.

— À moins que tu penses que ce serait une perte de temps, de rester assis pendant que je te capture sur une toile ?

Je souris.

— Si tu ne le fais pas, nous finirons au lit pour le restant de la nuit. Il n'y a rien de mal à ça. Mais puisque nous nous sommes déjà rattrapés un peu…

Je me rapprochai jusqu'à ce que nos corps soient presque en contact.

— En plus, tu avais raison. Nous devons nous créer de nouveaux souvenirs.

Je l'embrassai avant de reculer.

— Alors… comment est-ce que tu me veux ?

Ses lèvres tremblèrent d'amusement.

— Dois-je vraiment répondre à cette question ?

La lumière se fit dans mon esprit.

— Oh, je vois. Tu veux peindre un nu, n'est-ce pas ?

— Est-ce que ça te dérange ? Je n'en ai jamais fait, et je serai le seul à pouvoir le voir.

Cela ne me dérangeait absolument pas.

— Non, ça ira, mais j'ai une condition.

Il se figea.

— Laquelle ?

— Si je dois être nu, toi aussi, répondis-je en souriant.

Il fronça les sourcils.

— Tu veux que je te peigne, alors que nous sommes nus tous les deux ?

Je hochai la tête. Il haussa les épaules.

— Ce sera une toute nouvelle expérience.

— Penses-y plutôt comme une occasion de trouver des endroits inhabituels où mettre ton pinceau, le taquinai-je.

— Je pensais plutôt à ce que nous pourrions faire…

Lorsqu'il fit une pause, mon sexe se raidit à cette idée.

Il devait bien y avoir des avantages, non ?

Son regard pétilla.

— Dans ce cas, j'ai ma propre condition.

Soudain, j'eus un mauvais pressentiment.

— Laquelle ? demandai-je prudemment.

— Je vais te peindre, mais je ne te toucherai pas.

Quoi ?

— Pourquoi ferais-tu ça ? C'est sûrement la

meilleure raison d'être modèle pour un artiste ? L'occasion de s'amuser avec l'artiste. N'est-ce pas une tradition de longue date ?

Il s'esclaffa.

— Peut-être bien dans ton royaume, mais ici ? Ce soir ? Non. Il n'y aura pas de contact… jusqu'à ce que je finisse le tableau.

J'en eus le souffle coupé.

— S'il te plaît, dis-moi que tu es un peintre très rapide.

Il sourit.

— Oh mon Dieu, non. Je suis notoirement lent. Après tout, le temps est figé ici, alors je peux en prendre autant que je le désire, n'est-ce pas ?

Je commençais à regretter d'avoir accepté, mais je n'allais pas faire marche arrière.

— D'accord, y a-t-il une pièce où tu peins habituellement, où allons-nous simplement le faire ici ?

J'avais des visions de moi posant sur le tapis devant la cheminée. Au moins, j'aurais chaud. Il frotta son menton barbu.

— J'allais te demander de poser sur mon lit. De cette façon, lorsque nous ne serons pas ensemble, je pourrai me souvenir de toi.

— J'aime vraiment beaucoup cette idée.

C'était encore mieux que les Polaroïds de l'an passé qui étaient accrochés au-dessus de ma tête de lit. Je les regardais tous les soirs avant d'éteindre la lumière.

— La chambre, dans ce cas.

Nous nous y rendîmes, et je me déshabillai. Il

disparut un moment, avant de revenir avec ses peintures et son chevalet, ainsi qu'une toile neuve. Je l'observai.

— Plus grand, et ce sera à taille humaine.

Il se mit à rire.

— J'ai besoin d'une toile aussi grande pour m'assurer d'avoir suffisamment de place pour ton pénis.

J'éclatai de rire.

— Dans mes rêves, mais tu sais vraiment comment faire pour qu'un homme se sente bien.

J'ouvris grand les bras.

— Alors… comment veux-tu que je me place ?

Mon érection tressauta sous son attention. Je lui jetai un coup d'œil.

— Et toi, tu peux te rendormir. Il ne compte pas jouer avec toi.

— Allonge-toi sur le lit, dit-il.

Je grimpai dessus.

— Oui, sur le dos. Une jambe pliée, le pied posé sur le matelas, les genoux écartés.

Je fis ce qu'il me demandait, sachant que ma queue se dressait dans les airs. Il gloussa.

— Je vois que je vais avoir besoin de davantage de couleur chair.

Il inclina la tête.

— Est-ce que tu as assez chaud ?

Je lui assurai que oui.

— Alors commençons.

Je toussotai.

— Est-ce que tu n'oublies pas quelque chose ?

Il me fixa pendant un moment avant d'écarquiller les yeux.

— Oups !

Il se déshabilla en prenant tout son temps.

— Il me semblait que tu pouvais retirer tes vêtements en un claquement de doigts, fis-je remarquer.

Il sourit.

— Mais où serait le plaisir ?

Je jetai un coup d'œil à son sexe, qui pointait dans ma direction.

— Au moins, tu auras un endroit où accrocher ton chiffon. Ou pour tenir un pinceau en équilibre, si tu es vraiment motivé.

— Je suis entièrement nu parce que tu me l'as demandé, d'accord ? Et maintenant, je vais tâcher d'oublier ça et de me concentrer sur la peinture.

Il baissa les yeux et ses lèvres tremblèrent.

— Je te suggère d'en faire de même.

— Hé, ne me juge pas, mon sexe possède son propre esprit.

Il fronça les sourcils.

— Ah oui ?

Je croisai son regard.

— Es-tu en train de me dire que tu ne parles pas de ton sexe comme d'un être à part entière ?

Je souris.

— Je parie que si. Je parie même que tu lui as donné un nom.

Je reniflai.

— Et je crois que je sais ce que c'est.

— Je n'ai pas donné de nom à mon pénis, protesta-t-il.

Je levai le petit doigt.

— Allez, tu peux l'admettre. Il n'y a que nous deux ici.

Je lui adressai un sourire plein de confiance.

— C'est Rudolph, pas vrai ?

Sa bouche s'ouvrit, se ferma, et ses joues rougirent.

— D'accord, il est l'heure de peindre, répliqua-t-il d'une voix étranglée.

Il me fallut au moins cinq minutes pour arrêter de rire.

Nous nous installâmes dans notre activité, et étonnamment, j'oubliai le fait d'être nu. Nous discutâmes pendant qu'il me peignait, et je devais bien avouer que je n'avais jamais été aussi détendu en présence d'une autre personne. C'était comme si nous nous connaissions depuis toujours, alors que ce que nous avions partagé se résumait à un peu plus de cinq semaines, voilà tout.

Cependant, nous avions livré énormément de nous-mêmes à chacune de nos rencontres. Pas étonnant que cela ressemble à des années.

Et pourtant, pendant tout ce temps, j'étais conscient que le temps passait dans mon propre royaume. Je savais pertinemment qu'il viendrait un moment où je devrais m'en aller.

Je ne voulais pas partir, mais je ne pouvais pas penser comme ça. Je ne pouvais pas laisser ma conscience de ma propre existence humaine fragile s'immiscer dans ce royaume, et gâcher mon temps précieux passé avec lui.

J'avais cinquante ans, pour l'amour de Dieu. Qui savait combien d'autres rencontres nous seraient encore accordées ?

Je le contemplai. Son visage que j'aimais tant... le visage de l'homme que j'aimais.

— Puis-je te poser une question ?

Il marqua un temps d'arrêt.

— Tu peux me demander n'importe quoi.

— Je sais que tu m'as dit que tu as toujours été comme ça, que tu as été créé à cet âge. Mais ça doit faire très, très longtemps. As-tu l'impression...

Je ne savais pas comment finir ma phrase. Il posa son pinceau.

— Tu te demandes si je me sens vieux ?

Je hochai la tête. Il s'éloigna du chevalet et vint s'asseoir sur le lit.

— Oui, j'ai toujours été comme ça, mais je ne me sens pas vieux. Apporter de la joie à tant de gens...

Son visage s'illumina.

— C'est comme une explosion d'énergie. Je me sens vivant. Mais... je ne peux m'empêcher de voir des hommes qui me ressemblent. Ils semblent affligés par tellement de maux et de douleurs... pas moi.

Il posa une main sur son cœur.

— La seule douleur que je ressens se trouve ici. Et cette douleur s'atténue à chaque seconde que je passe avec toi.

La sincérité dans sa voix était indéniable. J'avais du mal à trouver des mots pouvant résumer mes émotions.

— C'est peut-être la chose la plus douce que tu m'aies jamais dite.

C'était peut-être également plus doux parce que je savais que cela faisait écho à ce que je ressentais. Il sourit.

— Je n'ai pas de secret pour toi, moi non plus. Je ne vois pas l'intérêt de cacher ce que je ressens.

Il s'arrêta.

— Et en parlant de sentiments…

Il se leva du lit, contourna le chevalet, son corps dissimulé par la toile.

— Il semblait être un type bien.

Je fronçai les sourcils.

— Qui ?

J'eus l'impression de recevoir un coup de fouet face à ce brusque changement de sujet.

— L'homme à qui tu parlais au café. Ça devait être… oh, je ne sais pas… il y a environ trois mois ?

J'essayai de fouiller dans mes souvenirs. Au café ? Puis je me rappelai.

— Attends une minute. Un homme grand, une barbe grise, des plaques de cuir sur les côtes de sa veste ?

— Oui, c'est bien lui. Il semblait très intéressé

par toi.

J'essayais de ne pas rire.

— Il l'est. Il me fait sans cesse du rentre-dedans. En réalité, il ferait tout pour me rendre heureux.

— Je vois.

Je ne pouvais pas le taquiner une seconde de plus.

— Viens là. Nous devons éclaircir quelque chose.

Lorsqu'il ne bougea pas, je soupirai.

— Je sais que tu n'es pas en train de me peindre en ce moment.

— Comment est-ce que tu le sais ?

— Parce que je ne pose pas. Maintenant, viens ici, s'il te plaît.

Il s'avança lentement vers moi. Je tapotai la place à mes côtés, et il s'assit. J'enroulai mon bras autour de son corps.

— Qu'est-ce que je t'ai dit, il y a deux réveillons de Noël de ça ? Et ne me dis pas que tu ne t'en souviens pas, parce que nous savons tous les deux que c'est un mensonge.

— Qu'il n'y avait qu'un seul homme à tes yeux ?

Je hochai la tête.

— Et qui est cet homme ?

Il soupira.

— Moi.

— Toi. J'ai aussi dit que je ne ferais rien de ce que nous faisions avec quelqu'un d'autre. Ça compte double pour Rex… mon patron.

Je vis l'information se frayer un chemin dans son esprit.

— Le gars avec les écussons en cuir ? C'est ton patron ?

Je hochai la tête.

— Et bien que je sois certain que c'est un type charmant, il est aussi hétéro, heureux en mariage, et ne tromperait pas Lucy même sous la menace de la torture.

Je pris son menton entre mes doigts, le forçant à croiser mon regard.

— Tu n'as pas la moindre raison d'être jaloux. Il n'y a que toi. Il n'y aura jamais que toi. D'accord ?

C'était le plus proche d'un aveu de mes sentiments que je pouvais faire.

— D'accord.

Il donnait l'impression d'avoir le souffle coupé.

— Je suis désolé. Il se trouve que je vérifiais comment tu allais, et il était là et…

— Waouh. Reviens en arrière.

Je croisai son regard.

— Tu as dit une fois que tu avais eu le sentiment que quelque chose n'allait pas dans ma vie. Me voir avec mon patron prendre un café est beaucoup plus concret qu'un simple sentiment. Tu nous as vus. Alors… comment est-ce que ça fonctionne ?

Il déglutit.

— J'ai peut-être un secret que je n'ai pas partagé avec toi, mais il est lié à la manière dont je fais ce que je fais. Et je te promets de le partager un jour avec toi, simplement… pas aujourd'hui.

— Parce que nous manquons de temps ? présumai-je.

Il hocha la tête, puis désigna la toile.

— Et maintenant… est-ce que tu veux voir où j'en suis ?

Je comprenais. L'heure tournait.

— Est-ce que c'est terminé ?

— Non. Nous devrons continuer l'année prochaine.

La douleur dans mon cœur revint avec force.

— Alors montre-moi.

Je m'assis bien droit. Il alla chercher son chevalet et le retourna. Même à ce stade précoce, je pouvais dire que ce tableau allait être génial. Il avait brièvement esquissé mon corps et avait concentré tous ses efforts sur mon visage. Ce qui me frappa immédiatement, ce fut l'expression mélancolique que j'arborais.

Je savais exactement à quoi je pensais à ce moment-là. J'avais envisagé une autre année sans le voir.

Je réalisai alors ce qui allait suivre.

— Est-ce que tu me le montres parce qu'il est temps pour moi de partir ?

Non. Pas encore. Un peu plus de temps, s'il vous plaît.

Je n'avais pas la moindre idée de qui je suppliais, ou même si quelqu'un pouvait m'entendre.

Il nettoya son pinceau avec un chiffon.

— Oui.

Il croisa mon regard.

— Est-ce moi, ou est-ce que ces moments que nous passons ensemble raccourcissent ?

— C'est un des tours du temps, répondis-je.

Son visage se crispa.

— Je sais, seulement je déteste te renvoyer chez toi.

— Dois-je vraiment y aller maintenant ?

Il m'adressa un regard curieux.

— Pourquoi ? Y a-t-il quelque chose que tu aimerais faire en premier ?

Je hochai la tête en caressant ma longueur.

— Est-ce que nous avons assez de temps pour faire l'amour ?

Il s'avança vers moi, puis grimpa sur le lit.

— Il y a toujours du temps pour ça.

La bouteille de lubrifiant apparut de nulle part. Il s'allongea sur le dos, les genoux écartés vers son torse. Je souris. C'était sa position préférée, celle où je pouvais aller le plus profondément possible en lui. Je versai un peu de lubrifiant dans ma paume et l'étalai sur mon sexe avant de glisser mes doigts sur son érection.

— Il n'y a pas si longtemps que tu n'étais plus en moi.

Il écarta les bras. Je rampai entre ses jambes et guidai mon gland vers son entrée. Je le recouvris de mon corps, tandis que j'entrais en lui, lentement et fermement, jusqu'à ce que ses parois enserrent mon érection et qu'il m'aspire en lui, ses jambes reposant sur mes épaules.

J'aimais la manière dont nous nous moulions ensemble, la manière dont nous nous déplacions, les ondulations de nos corps, la joie sur son visage, la sueur qui perlait sur sa peau.

J'aimais les moments où il me chevauchait, ses hanches en mouvement, son ventre tendu. J'adorais les cris bas qui lui échappaient, alors qu'il se rapprochait de son orgasme, et ses gémissements, lorsque je taquinais ses mamelons, sachant que cela lui apportait énormément plaisir.

Mais cette fois, nous savions tous les deux que ça ne durerait pas.

Je ne voulais pas que ça s'arrête.

Il frissonna, son corps se crispa tandis qu'il éjaculait sur son ventre et sur son torse. J'étais conscient de chaque crispation de son corps. Et lorsqu'il eut fini, nous nous embrassâmes comme d'habitude, pendant que je me mouvais en lui, ma propre libération me gagnant.

Nous restâmes un moment dans les bras l'un de l'autre. J'étais incapable de parler. J'avais peur. Parce que si j'ouvrais la bouche, je savais que des mots d'amour en sortiraient, et je ne pouvais pas lui faire ça.

Comment me sentirais-je à sa place, en sachant que je devais ramener mon amant dans son propre royaume, juste après qu'il m'ait avoué qu'il m'aimait ?

Je le savais pertinemment. J'aurais l'impression de l'avoir abandonné.

Il valait mieux qu'il ne le sache pas.

Il embrassa mon front, en un geste intime qui réjouissait toujours mon cœur.

— Nous devons y aller maintenant.

Je hochai la tête.

Je ne prononçais toujours pas le moindre mot.

Quand j'avais 51 ans

2018

Je fermai la porte, et les lèvres du père Noël réclamèrent les miennes un moment plus tard.

— Un de ces jours, haletai-je en retirant son manteau, nous allons entrer et ne pas nous déshabiller en 3 nanosecondes. Nous pourrions même avoir une vraie conversation.

Il se figea.

— Tu veux discuter ?

Je levai les yeux au ciel.

— Dieu merci.

Il prit ma main et m'entraîna vers sa chambre.

— Je proposais simplement une solution de rechange.

— Dûment noté.

— Je veux dire, viendra un jour où je serai trop vieux pour faire de la gymnastique dans la chambre à coucher.

Il s'immobilisa près du lit, les yeux grands ouverts.

— Je n'envisage pas que cela arrive de sitôt, n'est-ce pas ?

— Pas tant que je continuerai à prendre mes

vitamines.

Il sourit.

— Maintenant, je sais quoi t'offrir pour Noël prochain.

— J'ai déjà ton cadeau ici.

Cela me valut un autre sourire.

— J'espère que c'est la même chose que tu m'as offert l'an dernier.

— Étant donné que tu l'aimes tellement, je ne voulais pas te décevoir.

Il m'enveloppa dans ses bras.

— Tu ne pourras jamais me décevoir.

Et juste comme ça, la plaisanterie ludique céda la place à des baisers fervents alors que nous nous écrasions sur le lit. Parfois, la conversation était surfaite et les corps parlaient davantage que les mots, et les cœurs le faisaient encore plus fort.

— Nous devrions manger.

— Mh-hm.

— Vraiment.

— Mh-hm.

— Nous devrions au moins nous habiller.

Je glissai ma main sur son ventre, et son sexe se dressa pour venir à sa rencontre.

— Rudolph a d'autres idées en tête.

Il poussa un gémissement.

— Pour la dernière fois, je n'ai pas appelé mon pénis Rudolph.

— Que tu dis.

Je me retournai contre lui et l'épinglai contre le matelas.

— Tu es tout à moi.

— J'étais à toi déjà avant.

Des mots qui me réchauffèrent le cœur. Je l'embrassai sur les lèvres.

— Je crois que tu as un secret à partager.

Il feignit l'innocence.

— Quel secret ?

— L'an dernier… tu allais m'avouer comment tu as réussi à me voir prendre un café avec mon patron. Tu te souviens ?

Il soupira.

— Tout dépend de la manière dont j'arrive à savoir ce que les gens veulent pour cadeau. Les bons cadeaux.

— Je m'interroge à ce sujet depuis que nous nous sommes rencontrés.

Je m'installai sur le lit, à cheval sur sa taille.

— Tu as parlé d'un atelier. Tous ces cadeaux que tu apportes aux gens… est-ce que tu les fabriques vraiment tous ? Je veux dire, tu ne les trouves pas simplement en ligne, avant de t'arranger pour qu'ils soient livrés ?

— C'est plus compliqué que ça, mais oui, je possède un atelier, et c'est là que je range tous les cadeaux, prêts pour la veille de Noël.

Je fronçai les sourcils.

— Ça doit être beau à voir.

Il sourit.

— Tu veux y aller ?

— Penses-tu vraiment que je vais refuser ?

Je pris alors conscience de son sexe contre mon cul… son sexe dur. Je lui adressai un regard ferme.

— Bien essayé, mais cette distraction ne fonctionnera pas.

— Dans ce cas…

Son regard étincelait.

— Habille-toi.

— C'est un coup bas, murmurai-je en quittant le lit et en partant la recherche de mon jean.

Je le regardai entrer entièrement nu dans son placard.

— Quel pull de fête vas-tu porter cette année ? T'ai-je déjà dit que tu as le cul d'un homme beaucoup plus jeune ?

Il était ferme, rond, le genre qui pouvait rebondir.

Pour l'amour de Dieu, ne lui dis pas ça.

Il sortit du placard vêtu d'un jean et d'un pull rouge, ses pieds ornés de chaussettes épaisses, chacune arborant un renne au nez rouge. Il avait l'air adorable.

— Tu sais, le rouge est définitivement ta couleur. Tu devrais en porter plus souvent, plaisantai-je.

— Je vais tâcher de m'en souvenir.

Il plia son doigt dans ma direction.

— Suis-moi.

Il me conduisit alors à travers la maison qui me devenait familière. Nous arrivâmes devant une porte peinte en rouge. Il la déverrouilla, révélant des escaliers.

— Ça se trouve sous la maison ?

— En quelque sorte.

Je le suivis. Au bas des marches se trouvait une autre porte. Il la déverrouilla à son tour, et j'entrai…

Bon sang !

Si j'avais pensé que son bureau était énorme, ce n'était rien en comparaison de son atelier. L'espace semblait s'étendre sur des kilomètres. Il y avait des bancs de travail à perte de vue, et ils étaient tous vides.

Bien sûr. Il a tout livré.

— Quand est-ce que tu commences à préparer les cadeaux pour l'année suivante ?

— Dès que Noël est passé et que le Nouvel An commence, je m'y mets. Cependant, certains cadeaux sont moins tangibles.

— Que veux-tu dire ?

Il s'appuya contre l'un des bancs.

— Je vais te donner un exemple. Les refuges pour sans-abri. Tu dois en connaître ?

Je hochai la tête.

— Eh bien, une des choses que je fais, c'est de m'assurer qu'ils ont tout ce dont ils ont besoin pour fournir de la nourriture et un abri à ceux qui n'ont nulle part où aller. Que ce soit quelque chose que j'offre ou que je pousse les autres à le faire pour moi, c'est pareil.

— Tu peux influencer les gens ? Cela fait-il partie de ta magie ?

Il sourit.

— Comment penses-tu que j'ai réussi à faire livrer mes cadeaux par UPS ?

— Bon point.

— J'aime penser qu'une partie de mon travail consiste à aider les gens à aider leurs semblables.

Son sourire s'estompa.

— Parfois, c'est une tâche impossible. Il y a des gens très cupides et égoïstes dans ton royaume.

La lumière revint alors dans ses yeux.

— Mais fort heureusement, il y a plus de gens qui sont prêts à offrir de leur temps et à alléger le fardeau de leurs semblables.

Il haussa les épaules.

— Et parfois, tout ce dont ils ont besoin, c'est simplement d'un petit coup de pouce.

Je fronçai les sourcils.

— Et c'est là que tu interviens.

— Oui, répondit-il en penchant la tête sur le côté. Tu te souviens quand tu avais seize ans et que tu ne savais pas quoi offrir à Ben pour Noël ? Tu y as réfléchi pendant très longtemps, parce que tu es une bonne personne et que tu voulais lui offrir quelque chose qui lui ferait énormément plaisir.

Je me rappelais de ce Noël. J'étais à court d'idées. Que pouvait-on offrir à un garçon de douze ans qui ne semblait pas avoir de passe-temps ni d'intérêts ?

Puis l'idée m'était apparue. Ben n'était pas doué

dans le dessin. Mais il me regardait dessiner, avec un regard envieux. J'avais donc demandé à ma mère si nous pouvions aller acheter un kit de peinture par numéro. Ils étaient assez populaires en ce temps-là. Tout ce que l'on avait à faire était de rester dans les lignes et d'utiliser la bonne couleur, pour réaliser une véritable œuvre d'art. Maman avait été très fière de moi pour avoir eu cette idée.

Sauf que maintenant, je commençais à penser que ce n'était pas du tout mon idée.

— Tu m'as poussé dans la bonne direction.

Il souriait.

— Je t'ai juste soufflé un peu d'inspiration, c'est tout. C'est ce que je fais. Toutes ces fois où tu as reçu des cadeaux de tes parents qui étaient exactement ce que tu voulais, ce que tu rêvais d'obtenir, c'était le résultat de mon inspiration.

Je ricanai.

— C'est drôle que tu dises ça. Les meilleurs cadeaux quand j'étais enfant ? Ils avaient une étiquette qui disait « pour Anthony, de la part du père Noël ». Mes parents faisaient cette chose mignonne. Chaque année, il y avait un cadeau sous le sapin qui venait de toi.

J'écarquillai les yeux.

— C'était vraiment de toi, pas vrai ? Ce sont les cadeaux que tu les avais poussés à acheter.

— Non. C'était de ma part. Et si tu poses la question, tu constateras que beaucoup de gens disent la même chose. Je n'apporte pas une tonne de cadeaux dans chaque maison, j'en apporte un seul. Et c'est toujours celui qu'un enfant désire vraiment, ou dont il a besoin.

Son regard étincelait.

— Tu te souviens de la boîte d'art que tu as reçue quand tu avais huit ans ? Celle avec toutes les peintures, pastels, crayons…

Désormais, je souriais.

— C'était un cadeau parfait.

— Je dois te poser la question… pourquoi as-tu cessé de croire en moi ?

Je soupirai.

— Mark Pointer.

Il se tut un instant.

— Maigrichon, lunettes, roux.

Je n'étais même plus surpris qu'il se souvienne d'autant de choses.

— Oui, c'était bien lui. Il m'a dit que tu n'étais pas réel, que c'était juste mes parents qui faisaient semblant.

— Et tu l'as cru ?

— C'était le garçon le plus intelligent de la classe. Il savait tout.

Le père Noël sembla triste.

— Pas assez pour dire non lorsque quelqu'un lui a offert de la coke. Et non, je ne parle pas de la boisson.

Je me figeai.

— Il va bien ?

Mon Dieu, depuis combien de temps n'avais-je pas pensé aux enfants que j'avais croisés à l'école ? Le père Noël ne répondit rien, mais son regard brillant de larmes contenues fut la seule réponse dont j'avais besoin. Je le pris dans mes bras.

— Hé, c'était sa vie, ses choix.

J'essuyai ses larmes de mes doigts.

— Et tu pleures pour lui parce que tu es un homme vraiment bon et altruiste.

Je le pensais de tout mon cœur. Je reculai.

— Tu dois m'expliquer une chose. Comment peux-tu savoir tout cela d'ici ?

Il soupira.

— Autant te le montrer.

Il fit un signe de la main, et chaque plan de travail vide fut soudainement rempli par des écrans, tellement que je ne pouvais pas tous les compter.

— Montre-moi à quoi ils servent.

Il agita une main, et le moniteur le plus proche de nous prit vie. Je vis une famille assise autour de la table, en train de rire et de plaisanter. La vérité s'imposa alors en moi.

— Tu surveilles mon royaume ?

— Tout le temps. Comment puis-je garder une trace de tout le monde sinon ? Mais quand je dis que je surveille tout le temps, ce n'est pas littéralement.

Ses joues rougirent.

— Je suis soulagé de l'entendre. Parce que tu sais ce que j'en pense, pas vrai ?

Lorsqu'il m'adressa un sourire perplexe, je souris.

— Le fait de nous observer quand nous dormons, de savoir quand nous sommes éveillés ? C'est plus proche de la vérité que ce que tu essaies de nous faire croire, n'est-ce pas ?

Son rougissement s'accentua.

— Je suis conscient de ce qui se passe, de ce dont les gens ont besoin. Et si je vois un endroit où ma magie est vraiment nécessaire, je m'assure d'y intervenir.

Il haussa les épaules.

— Je t'ai dit que c'était compliqué.

Je l'embrassai, en un baiser tendre et insistant.

— Je te trouve incroyable.

Je reculai.

— Je pense aussi que ça doit être très différent de ce que ça a été au début.

Il se mit à rire.

— Tu n'en as pas la moindre idée. La population de ton royaume s'est beaucoup développée, et elle continue de le faire. On pourrait penser que ça rendrait mon travail de plus en plus difficile, mais la réalité est que moins de gens croient en moi, et là où il n'y a pas de croyances, je ne peux pas y aller.

Ses paroles d'il y a quelques années me revinrent.

— Tu penses donc que le jour viendra où toute croyance en toi cessera et que toi aussi, tu cesseras d'exister ?

— Je ne sais pas, je ne sais vraiment pas. Ça reste une possibilité.

J'observai les rangées de moniteurs.

— Ce qui m'étonne vraiment, c'est que tu fasses tout ça par toi-même.

— Je ne connais pas d'autres solutions.

Il sourit.

— Nous avons quelque chose à faire avant ton départ.

— Ah oui ? répliquai-je en souriant. Je suis bien d'accord.

Il éclata de rire.

— Je devine où se dirige ton esprit. Nous avons un tableau à finir, tu te souviens ?

Bon sang !

— Bien sûr. Et quand tu auras terminé…

Je lui fis les yeux doux. Il renifla.

— Au cas où personne ne te l'aurait jamais dit, tu es nul pour faire les yeux de chiot.

Son regard s'écarquilla, comme s'il avait prononcé des mots dans une langue étrangère. Je clignai des yeux.

— Waouh, père Noël. Tu donnes de plus en plus l'impression d'être un homme du vingt et unième siècle.

— Heureusement que tu n'as pas besoin d'être doué !

Il s'approcha et enroula ses bras autour de mon cou.

— Tu n'as pas besoin de supplier. Il n'y a nulle part où je préférerais être que dans tes bras.

— Pareil, murmurai-je contre ses lèvres entre deux baisers.

Il s'écarta.

— Mais peut-être aimerais-tu envisager quelque chose pour l'avenir.

Je lui jetai un coup d'œil.

— Comment ça ?

— Je reçois tes… cadeaux depuis trois ans. Je pense qu'il est grand temps que je t'en fasse à mon tour.

Il me regarda droit dans les yeux.

— Si tu es prêt à le… recevoir.

Il me fallut un moment pour me rendre compte que, dans sa manière étrange et hésitante de parler, il me demandait la permission d'inverser les rôles entre nous.

Je souris.

— Je pense que je serai d'accord.

— Maintenant… il faut peindre.

Je le suivis jusque dans la chambre, incapable d'arrêter de sourire.

— Tu l'as encore fait ! murmurai-je.

— De quoi tu parles ?

— Tu sais toujours comment offrir les cadeaux les plus parfaits.

Quand j'avais 52 ans

2019

— J'aime le nouveau canapé, murmurai-je.

Il faisait face à la cheminée et était plus profond que le dernier. Il y avait énormément de place pour s'y allonger et se blottir sous un plaid. Le père Noël était installé derrière moi, son bras enroulé autour de mon corps.

— Moi aussi. C'est un canapé fait pour deux.

Il ondula contre moi, son sexe glissant entre mes fesses.

— Est-ce que c'est une suggestion ?

Il gloussa.

— Si je pouvais, je m'endormirais profondément enfoui en toi.

Oh mon Dieu, j'adorais cette idée.

— Alors… qu'est-ce que j'ai manqué ? Comment était 2019 ?

— C'était une année exceptionnelle pour les célébrités qui se sont fait connaître comme appartenant à la communauté LGBTQ+, maintenant que j'y pense.

— Vraiment ? Je ne suis pas les célébrités.

Je tordis le cou pour pouvoir lui sourire.

— Ce qui est très rafraîchissant, je peux te le dire. J'ai arrêté d'aller me faire couper les cheveux. C'était tout ce dont les coiffeurs parlaient. Ça m'a ennuyé jusqu'aux larmes.

Il caressa mes cheveux.

— Je vois que les tondeuses sont utiles. Alors, qui a fait son coming out ? Quelqu'un que je connais ?

— J'ai perdu le fil, il y en avait tellement. Un catcheur, une vedette de Broadway, un chanteur country, un acteur, un arbitre de rugby, un YouTuber, un joueur de hockey, des vedettes de télévision…

Lorsqu'il ne répondit rien, je lui jetai un coup d'œil.

— Est-ce que ça va ?

— Faire son coming out… est-ce que c'est vraiment important ?

Je soupirai.

— Malheureusement, oui.

— Pourquoi malheureusement ?

Je roulai sur le dos et il me caressa le torse, lentement, en des cercles apaisants qui me firent me sentir bien plus calme.

— Parce que, dans un monde idéal, personne n'aurait à déclarer sa sexualité. On pourrait tous être qui nous voulons et être acceptés.

Il se mordit la lèvre.

— C'est une vision idéaliste, mais je pense que tu vas devoir attendre longtemps.

Je le pensais moi aussi. Je caressai sa joue.

— Il y a quelque chose que je voulais te

demander depuis un moment maintenant.

Il sourit.

— En général, il te suffit d'ouvrir la bouche pour que ça sorte. Je suis intrigué.

— Quand je pense à toi, c'est toujours en tant que père Noël. Mais… il te faut bien un vrai prénom, n'est-ce pas ? Même les êtres immortels ont besoin d'un prénom.

Il étudia mon visage pendant un moment, comme s'il délibérait sur la manière de répondre.

— C'est le cas, dit-il finalement. Je ne l'ai pas utilisé depuis longtemps, mais j'en ai un.

Je lui adressai un regard moqueur.

— Eh bien ? Tu comptes me le dire ?

Avant qu'il ne puisse parler, je soupirai.

— Oh mon Dieu. Tu ne veux pas me le dire parce qu'il est horrible. Attends. Laisse-moi deviner. Frank.

Son regard s'assombrit.

— Il n'y a rien de mal à s'appeler Franck.

Ma bouche s'ouvrit en grand.

— Ne me dis pas que j'ai visé juste du premier coup.

— Pas du tout.

— D'accord, je vais réessayer.

Je le contemplai fixement, en me caressant le menton.

— Percy.

Tout ce que j'obtins pour celui-là, ce fut une œillade.

— Dwayne, suggérai-je, les lèvres tremblantes.

— Maintenant, tu te moques de moi.

— Alors, sors-moi de ma misère et dis-le-moi.

Il soupira.

— D'accord. Mon vrai nom est… Nicholas.

Je l'observai fixement.

— Qu'y a-t-il de mal à ça ? C'est un joli prénom.

Il ne répondit rien.

— Je le pense sincèrement, protestai-je. Et c'est assez approprié. Après tout, la légende ne dit-elle pas que le père Noël a commencé par être saint Nicolas ?

Il gardait toujours le silence. Ma peau picotait. Mon cœur battait à tout rompre.

— Non… attends une minute.

Il se murait toujours dans son silence.

Oh mon Dieu. Oh mon Dieu.

— Si mon téléphone fonctionnait dans ce royaume, tu ferais mieux de croire que je serais actuellement en train de faire des recherches sur saint Nicolas. Alors pourquoi ne pas mettre fin à mes souffrances et tout me dire ?

Il haussa les épaules.

— Saint Nicolas est apparu vers le troisième siècle.

J'étais allongé nu avec un vieil homme qui semblait avoir mon âge.

— Les légendes sont-elles vraies ?

Il hocha la tête.

— Je suis devenu père Noël entre 1773 et 1774. Des familles néerlandaises à New York ont décidé de se réunir pour célébrer l'anniversaire de ma mort. Puis, bien sûr, je suis devenu Sinterklaas. Il s'agit d'une version abrégée de Sint Nikolaas, qui était le néerlandais de saint Nicolas.

Il se leva, je le rejoignis. Le père Noël – Nicholas – contempla fixement le feu de cheminée.

— Les légendes sont vraies. Et mon apparence dans ces légendes a changé à de nombreuses reprises au fil des ans. Savais-tu, par exemple, qu'avant 1931, on me décrivait comme un homme grand et émacié ? Puis il y a eu la période où quelqu'un m'a dessiné comme un elfe effrayant.

Il se mordit la lèvre.

— En réalité, pendant la guerre de Sécession, j'étais soi-disant un elfe qui soutenait l'Union.

La guerre de Sécession… je n'arrivais pas à emmagasiner ces chiffres.

— Le manteau couleur bronze a cédé la place au manteau rouge. Et quelque part en 1820, les Américains ont débuté la tradition du shopping de Noël, et je me suis intégré à ça. Puis quelqu'un a écrit ce poème, la nuit avant Noël.

Il grimaça.

— Et tout à coup, je suis devenu ce type dodu avec un ventre qui tremblait quand je riais. Je veux dire, vraiment ?

— Et ce n'est pas comme si on pouvait remettre les gens dans le droit chemin, n'est-ce pas ?

— Exactement ! Ils ont créé un modèle grandeur nature de père Noël à Philadelphie en 1841. Il ne me ressemble pas du tout.

Ma tête tournait encore.

— L'anniversaire de ta mort ?

— Le 6 décembre.

— Quelle année ?

Son regard croisa le mien.

— 343. Bien sûr, je ne suis pas vraiment mort.

— Mais… saint Nicolas était une vraie personne. Les gens t'ont vu. Les gens te connaissaient.

Il hocha la tête.

— Alors, tu n'as pas seulement été créé. Était-ce un mensonge ?

— Non, juste un autre secret que je ne pouvais pas partager. Quelqu'un a pris un être humain qui aimait offrir des cadeaux, être gentil et aider les autres, et l'a rendu immortel.

— Est-ce que cette personne t'a offert le choix ?

— Pas exactement. J'étais très malade, vois-tu, sur le point de mourir, est la chose suivante dont je me rappelle…

Il haussa les épaules.

— Il m'a fallu un certain temps pour m'adapter.

Une vague de tristesse s'abattit sur moi.

— Je suis sincèrement désolé.

Il fronça les sourcils.

— Pourquoi ?

— Tu as été tout seul, pendant tout ce temps. Je suis étonné que ça ne t'ait pas rendu fou.

Il se leva du canapé et alla ajouter une autre bûche dans le feu.

— Au début, je pensais que ma solitude était le prix à payer pour mon immortalité. Peut-être que celui qui m'a créé n'a pas pensé que j'avais besoin d'un partenaire. Peut-être qu'il a cru que je n'avais pas besoin de distraction. Il a fallu attendre jusqu'en

1849 pour que la mère Noël fasse son apparition, dans une nouvelle d'un missionnaire chrétien.

Il tourna la tête, et je fus soulagé d'apercevoir son sourire.

— Je dois être honnête, j'ai ri à gorge déployée lorsque j'ai vu ça.

— Quand l'as-tu su ? Que tu étais gay, je veux dire.

Nicholas se dirigea vers l'armoire où il gardait le whisky que je lui avais offert, et nous versa deux verres.

— Avant même que le mot gay existe. Au fil des siècles, j'ai aperçu tant d'hommes que je trouvais attirants, sans pour autant que ces derniers puissent me voir.

Il me tendit un verre.

— Ça semble être un sacré prix à payer.

— Je sais. Et j'y ai vraiment cru.

— Nicholas était-il gay, il y a toutes ces années ?

Il ne répondit rien, mais finit par hocher la tête.

— Il y a un fait qui ne semble jamais rentrer dans les livres.

— Je ne l'ai jamais dit à personne, je n'ai même pas embrassé un autre homme.

Il déglutit.

— J'ai été si seul.

Sa voix craqua.

— Et puis tu es entré dans ce salon, et tu as été capable de me voir. Tu as été la première personne à pouvoir le faire, depuis que j'avais été rendu immortel. À ce moment précis, j'ai cru que Dieu avait eu pitié de moi. J'avais enfin quelqu'un à qui je pouvais parler, quelqu'un qui pouvait devenir mon ami.

Il se percha sur la table basse devant moi et me fixa.

— Pendant tout ce temps, tu as été mon meilleur et unique ami, et j'ai adoré chaque minute que nous avons passée ensemble.

Ses lèvres tremblèrent.

— Je dois admettre que nos discussions sont devenues plus… intéressantes ces dernières années.

Je comprenais.

— Pas étonnant que la première chose que nous faisons est de finir dans ton lit. Tu rattrapes le temps perdu.

Je souris.

— Non pas que je m'en plaigne. Une année d'attente pour pouvoir te toucher me rend un peu… désespéré.

— Un désespoir que je ne connais que trop bien. Mais ce n'est pas seulement l'aspect physique de notre relation. Il y a tellement plus en toi. Tu m'apaises. Tu me donnes le sentiment que je peux tout accomplir.

Il sourit.

— Tu me rends heureux.

La chaleur m'inonda de toutes parts.

— J'en suis heureux. Et je suis également heureux que quelqu'un ait décidé de t'offrir un ami.

Sauf que je désirais être bien plus que ça.

Je réalisai alors combien j'étais égoïste. Mes

besoins étaient un grain de sable en comparaison de la vie qu'il avait menée, des siècles de solitude qu'il avait endurés. Les larmes brûlèrent le coin de mes yeux, et je les laissai s'échapper sur mes joues jusqu'à ce qu'elles finissent dans ma barbe. Il s'agenouilla précipitamment devant moi.

— Anthony ? Qu'est-ce qui ne va pas ?

Un mouchoir apparut de nulle part, et il sécha mes larmes.

— Tu me fais peur.

Je déglutis, mais ma gorge était toujours aussi serrée.

— Te savoir tout seul ici me brise le cœur.

Je l'attirai vers moi, m'abreuvant de sa chaleur, de ses bras autour de moi, de ses lèvres m'offrant le plus tendre des baisers.

— Mais je ne suis plus seul maintenant, pas vrai ?

Il posa délicatement sa main sur ma joue et me regarda droit dans les yeux.

— Je t'ai, toi.

— Une seule nuit par an, répliquai-je.

— Et crois-moi, je ne vis que pour cette nuit-là. Je sais que je peux tenir le coup une année de plus. Pour pouvoir t'embrasser. Te parler. Te faire rire.

Il s'installa sur ses cuisses.

— Tout au long de l'année, je pense à des choses que j'ai envie de te dire et je les écris pour m'en souvenir. Mais au moment où la veille de Noël arrive, il y en a trop. Et je n'ai pas le temps de choisir ce qui est le plus important. Alors, quand je te reçois ici, tout ce que je désire faire, c'est te tenir dans mes bras, te faire l'amour, et renouer avec toi.

— Je suis là, murmurai-je en embrassant son front, ses joues, ses lèvres. Et tout de moi t'appartient, aussi longtemps que possible.

Le problème, c'était que l'on n'avait pas assez de temps.

Nous nous installâmes une fois de plus sur le canapé, ses bras autour de moi. Et à ce moment-là, je réalisai que c'était ce que je voulais faire pour le reste de cette veille de Noël… le sentir contre moi, partager sa chaleur.

Laisser l'énormité de ce qu'il m'avait avoué s'estomper un peu. Je repensai à ces révélations.

— Alors… quand tu es… mort… quel âge avais-tu ?

— Soixante-treize ans.

J'hésitai.

— Waouh. J'aurais pensé que tu avais le même âge que moi.

— Je pense qu'ils ont été généreux. La première fois que je me suis vu dans un miroir, j'ai compris qu'ils m'avaient retiré quelques années. Nous avons peut-être le même âge, après tout.

L'âge parfait pour moi.

— Tu sais quoi ? Tu es un très bel homme pour ton âge, Nicholas.

Il sourit.

— Alors, tu vas m'appeler par mon prénom ?

Je lui souris en retour.

— Oui, si ça te convient.

Son regard brillait de chaleur.

— Absolument.

— Tu sais ce qu'on pourrait dire de toi ?

— Éclaire ma lanterne.

Je souris.

— Que plus que n'importe qui, tu les prends au berceau.

Il ricana.

— Il vaudrait mieux.

Lorsque je lui adressai un regard interrogatif, ses yeux pétillèrent de malice.

— Tu as toujours aimé les hommes plus âgés, après tout !

Quand j'avais 53 ans

2020

— Tu ne plaisantais pas en disant que tu avais une surprise pour moi.

Ça devait être l'expérience la plus magique de ma vie.

Nous survolions les cieux et, à perte de vue, les vagues ondulantes et incandescentes des aurores boréales s'agitaient. Le vert éclatait dans le ciel, scintillant en dedans et dehors, comme s'il était en feu, et soudain du rouge apparut.

— Pas mal pour une bande d'électrons périphériques excités.

Je le contemplai fixement.

— Tu ne peux pas réduire ça a une explication scientifique. C'est magnifique.

Sans parler de spectaculaire, exaltant… les bras de Nicholas se resserrèrent autour de moi.

— Je voulais que tu puisses voir ça. C'est si beau, pas vrai ?

Il soupira.

— Sauf qu'il est presque temps de te reconduire chez toi.

Il récupéra les rênes. Mon cœur se serra. Une

autre veille de Noël touchait à sa fin.

Je me murai dans le silence et admirai le paysage en dessous de nous, mon cœur me faisant souffrir. Ce n'était pas assez. Je ne pouvais pas continuer comme ça, à souhaiter pouvoir changer le cours de ma vie, à attendre ces quelques heures que nous pouvions partager. Il toucha mon genou.

— Est-ce que tu peux me faire une faveur ? Si je tiens le traîneau fermement, tu pourrais grimper à l'arrière, où se trouve le sac, et vérifier que j'ai vraiment tout livré ? Je ne peux pas m'enlever de la tête l'idée que j'ai oublié quelque chose.

— Tu veux que je grimpe à l'arrière… en plein vol ?

— Je le ferais bien moi-même, mais je dois conduire, répliqua-t-il en souriant. Tu es en sécurité. Je ne te demanderais pas de faire quoi que ce soit qui pourrait te faire du mal.

Je le savais.

— Bien sûr.

J'enjambai le dossier du siège et sautai dans le grand espace ouvert à l'arrière, où un gros sac rouge se trouvait en tas sur le sol. Je regardai à l'intérieur.

— Comment veux-tu que j'y voie quelque chose ? Il fait vraiment noir ici.

— La lampe de poche de ton téléphone fonctionne, si ça peut aider.

Je le sortis de ma poche et cliquai sur l'icône. Je cherchai dans tous les coins.

— Il n'y a rien ici.

À ma grande surprise, Nicholas se joignit à moi.

— En es-tu certain ?

Je clignai des yeux.

— Je croyais que tu devais conduire ?

Il gloussa.

— Les filles savent voler sans moi. Je ne suis pas inquiet.

Il regarda dans le sac.

— On dirait que tu as raison.

Puis il sourit.

— Que dirais-tu de piloter le traîneau ?

— Ne viens-tu pas de dire qu'elles sont capables de voler sans toi ?

— Bien sûr qu'elles le peuvent, mais je pensais t'offrir les rênes pendant un certain temps. Tu sais, afin que tu puisses voir ce que ça fait d'être celui qui contrôle le traîneau.

Il m'offrit un sourire rassurant.

— Ne t'inquiète pas. Les filles n'iront pas n'importe où. J'ai pensé que tu aimerais peut-être le faire.

Je souris.

— Je ne peux pas le nier, j'y ai pensé à de nombreuses reprises au cours des dernières années. Je n'ai simplement jamais eu le courage de te poser la question.

— C'est le moment idéal.

Je voulus aller me réinstaller sur le banc, mais il m'arrêta.

— Tiens.

Il prit les rênes et me les tendit. Je fronçai les sourcils.

— Tu veux que je fasse voler le traîneau… d'ici ?

Il hocha la tête.

— C'est simple comme bonjour.

Il pencha la tête sur le côté.

— En réalité, c'est tellement facile que je devrais peut-être ajouter un petit truc pour compliquer un peu les choses.

— Et comment comptes-tu t'y prendre ? Tu vas me bander les yeux ?

Nicholas se déplaça pour se tenir derrière moi et enroula ses bras autour de ma taille. Ses lèvres effleurèrent mon oreille.

— Tu vas adorer ça, murmura-t-il.

Il glissa alors ses mains plus bas et ouvrit mon jean. Je me figeai.

— Qu'est-ce que tu fais ?

Il le fit descendre sur mes genoux.

— On dirait que je ne suis pas le seul à me balader commando.

Il me pinça les fesses.

Mon Dieu. Il ne va pas…

J'entendis un claquement derrière moi, et je sus sans même me retourner qu'il s'agissait de sa boucle de ceinture tombant sur le sol. J'entendis la fermeture éclair quelques secondes plus tard. Et je perdis mon souffle lorsque son doigt glissant s'insinua entre mes fesses.

— Tu plaisantes ? Sérieusement ? Du sexe sur le traîneau ?

Mon cœur battait à toute vitesse, ma respiration s'accéléra.

— Dis-moi que tu n'en as pas envie.

Non, je ne pouvais pas lui dire une telle chose, et il en avait parfaitement conscience.

— Est-ce que… tu as planifié tout ça ?

— Je plaide coupable.

Il titilla mon anus du bout de son doigt.

— Comment veux-tu que j'arrive à réfléchir quand tu me fais ça ?

— Ne réfléchis pas, profite.

— Je sais que nous avons convenu que tu ferais ça un jour, mais…

— Oui, nous en avons convenu.

Il me titilla à nouveau lentement, de manière sensuelle.

— Et je choisis ce soir.

— Tu veux vraiment que ta première fois soit…

— Pour te citer, j'y ai pensé à maintes reprises au cours des dernières années. Je n'ai simplement jamais eu le courage de te le proposer.

Et il enfonça son doigt dans mon orifice.

Oh mon Dieu.

— Je pense que tu as très largement surmonté ta timidité, dis-je, à bout de souffle.

Je devais admettre que j'aimais beaucoup ce nouveau Nicholas très audacieux.

— Tu as également apporté du lubrifiant ?

— Quelle question. Tu tiens les rênes, tu te rappelles ? Donc pas de mouvements brusques. Nous ne voulons pas effrayer les filles, pas vrai ?

Il fit aller et venir son doigt dans mon corps, et mon cœur s'emballa.

— Tu vas vraiment me baiser pendant qu'on vole ?

Il ricana.

— Oh oui.

Il ajouta un autre doigt, et la brûlure devint délicieuse.

— Oh mon Dieu, tu es si chaud à l'intérieur.

Je poussai un gémissement.

— Serré également.

Ça faisait longtemps.

— Mais tu vas te relâcher dans quelques minutes.

Ses mouvements prirent de l'ampleur, jusqu'à ce que je me torde contre lui, que je m'enfonce sur eux.

J'étais en train de conduire un traîneau tiré par huit rennes, au-dessus de la Terre, et je me faisais baiser par le père Noël.

Meilleur. Réveillon de Noël. De ma vie.

— Maintenant, penche-toi.

— Quoi ?

— Tu m'as parfaitement entendu. Penche-toi sur le banc. Tends tes fesses.

— Tu vas laisser mon jean où il est ? Autour de mes genoux ?

— Très bonne idée.

Il le repoussa jusqu'à mes chevilles. Puis ses doigts écartèrent mes fesses et son gland chaud et humide pressa contre mon entrée.

— Oh mon Dieu, gémit-il en me pénétrant.

— Tu m'as volé ma réplique, dis-je en gémissant.

Il y alla lentement, se frayant un chemin en moi,

ses bras enroulés autour de ma taille, alors qu'il me remplissait jusqu'à la garde. Seigneur, il était si grand. Et épais. L'étirement illuminait chaque fibre nerveuse que je possédais.

— Tu es toujours tellement serré.

— Et ça te surprend ? Est-ce que tu as regardé ta queue dernièrement ?

Il commença à aller et venir en moi. Je lâchai une des rênes. Je poussai un cri d'effroi, il s'esclaffa.

— Nous sommes en sécurité. Je te le promets.

Un autre mouvement de ses hanches.

— Je pense que ça ne va pas durer longtemps.

Il se retira terriblement lentement, avant d'entrer à nouveau en moi sans précipitation, ce qui fit chanter mon cœur.

— C'est incroyable, dis-je, le souffle coupé.

Il sortit de mon corps, seulement pour me pénétrer d'un coup, me plaquant contre l'arrière du siège, mon sexe plus dur que jamais.

— Lâche les rênes.

— Tu te fous de moi ?

— Fais ce que je te dis. J'ai autre chose pour occuper tes mains.

J'aurais pu me retourner pour le regarder, mais j'avais l'impression que nous allions nous effondrer si je le faisais.

— Comme quoi ?

— Te faire écarter tes fesses.

Je m'agrippai toujours aux rênes. Il se pencha, son souffle chaud effleurant mon oreille.

— Anthony… lâche-les. Fais-moi confiance.

Il marqua un temps d'arrêt.

— Est-ce que tu me fais confiance ?

Je frissonnai.

— Je te confierais ma vie.

Je lâchai alors les rênes, me penchai en avant, et écartai mes fesses, étirant largement mon orifice pour lui. Il glissa à nouveau en moi et la friction me fit gémir.

— Je suis si proche. Ce sera rapide, d'accord ?

Je hochai la tête, pour lui faire part de mon assentiment. C'était tout ce dont j'étais capable. Ses hanches se mirent en mouvement tandis qu'il me pilonnait encore et encore, me plaquant contre l'arrière du traîneau. Je hurlai, réalisant que personne ne pouvait m'entendre, que je pouvais lâcher prise de plus d'un sens. Il remplissait mon corps, s'agrippait à moi, s'ancrait à mes épaules en me pénétrant.

— Oui, hurlai-je.

Autour de nous, les magnifiques teintes vertes s'estompèrent dans les vagues du ciel, et je réalisai que je n'avais plus beaucoup de temps. Lorsque je sentis ces pulsations révélatrices en moi, ce fut suffisant pour me faire basculer. Je haletai à travers mon orgasme, conscient de son érection enfoncée en moi, palpitant encore.

— J'ai toujours voulu… rejoindre… le Mile High Club, dis-je, le corps tremblant.

Il s'agrippa à moi, la respiration haletante. Je me cramponnai au siège.

— Je pense… qu'avant le prochain réveillon… tu vas devoir nettoyer le traîneau.

Il embrassa ma nuque. Je frissonnai.

— Dois-je vraiment le faire ? Personne ne le voit à part moi. Et chaque fois que je verrai cette tâche, je me rappellerai cette nuit.

Je levai les yeux au ciel.

— Je suis tout à fait d'accord pour garder des souvenirs, mais vraiment ? Et puis-je ajouter… Beurk ?

Il rit à nouveau, et un paquet de lingettes humides apparut sur le banc devant moi.

— Je plaisantais.

Il m'aida à me redresser, sans sortir de mon corps, les bras enroulés autour de mon torse. Je posai ma tête sur son épaule.

— Je n'ai pas besoin de demander si nous recommencerons, n'est-ce pas ?

Son rire résonna en moi.

— Question stupide, en effet.

Il se retira en gémissant. Je récupérai quelques lingettes, lui en tendis une, puis je me nettoyai avant de remonter mon jean. Je me tournai ensuite vers lui, et il réclama mes lèvres dans un baiser féroce.

— C'était incroyable. Et je ne trouve même pas de mots pour lui rendre justice. C'était l'événement le plus excitant de toute mon existence.

Il prit mon visage entre ses mains.

— Parce que c'était avec toi.

Je lui rendis son baiser, mais tout au fond de moi, mon cœur pressentait qu'il allait se briser.

Je ne peux pas continuer à faire ça. Je ne peux pas continuer à me torturer ainsi.

Et à ce moment précis, je compris que la

prochaine fois que nous nous rencontrerions, je devrais me montrer honnête avec lui. Pas maintenant, pas sitôt après que nous avions fait l'amour. Ce serait cruel, même s'il avait toujours dit que si le moment venait où l'un de nous désirerait arrêter, nous devrions dire quelque chose.

Je ne voulais pas que ça s'arrête, cependant je ne pouvais pas continuer comme ça non plus.

Quand j'avais 54 ans

2021

Il apparut à côté du sapin, et je n'hésitai pas. Je me jetai dans ses bras grands ouverts, et nous nous embrassâmes, déversant une année de désir et de chagrin dans ce baiser. Lorsque nous nous séparâmes, je caressai sa barbe.

— Je sais que je le dis chaque réveillon, mais mon Dieu, tu m'as manqué.

— Je sais, je ressens la même chose. Je pense que les filles commencent à en avoir assez de me voir entrer dans leur écurie, avec le cœur brisé.

— Est-ce que ça arrive souvent ?

Il sourit.

— Seulement tous les jours. Est-ce que tu es prêt ?

— Oui.

Mon intention de parler de ce que j'avais sur le cœur s'estompa en un rien de temps. Je ne pouvais pas le lui dire. J'étais tout ce qu'il avait. Me souvenir de tous ces siècles de solitude affaiblit ma détermination. Je ne pouvais pas lui faire ça.

— Est-ce que tu as parlé avec Ben aujourd'hui ?

Je hochai la tête.

— Ce matin. J'ai réussi à le joindre juste avant

qu'il ne parte travailler.

— Je n'ai jamais demandé. Que fait-il ? J'essaie de ne pas surveiller ta famille de trop près. J'ai l'impression de les espionner.

— Il est aumônier dans l'armée. Il est stationné sur une base aérienne américaine en Allemagne.

— C'est la raison pour laquelle ils sont partis en Europe ?

— Uh-huh. Il a été stationné sur plusieurs bases différentes. Tu devrais entendre Becca et Pete parler allemand. Non pas que ce soit la seule langue étrangère qu'ils soient capables de parler. Ce sont des enfants intelligents.

Sauf qu'ils ne seraient plus des enfants très longtemps. C'était un choc pour moi de réaliser qu'ils allaient bientôt avoir vingt ans.

— Quand est-ce que tu les as vus pour la dernière fois ?

— Pouvons-nous ne pas en parler ?

Ce n'était pas que le sujet me dérangeait, c'était juste que chaque minute que nous passions à parler de Ben ou de mon travail, ou de ma vie en général, représentait une minute que nous n'avions pas ensemble. Il soupira.

— Je comprends.

Il me tendit la main.

— Allons-y.

— Attends.

Je récupérai un paquet sous le sapin. Il m'adressa un regard curieux. Je souris.

— C'est pour toi. Et oui, tu pourras l'ouvrir avant mon retour.

Son regard brillait.

— Je ne me souviens pas de la dernière fois que quelqu'un m'a offert un cadeau de Noël. Je ne compte pas le lait et les biscuits.

Je le jurai, j'entendis le souffle d'impatience de Danseuse dans ma tête.

— Je pense que nous ferions mieux d'y aller.

En grimpant dans le traîneau, je sus que ce ne serait pas comme toutes les fêtes de Noël que nous avions passé ensemble. Mon cœur s'alourdit en sachant ce qui allait se passer.

Je m'allongeai dans ses bras, ma tête sur son épaule, mon cœur battant à son rythme habituel. Il fallait que je prenne une douche, parce que du sperme séchait sur mon ventre. Sauf que j'étais incapable de bouger.

— Ton cadeau était le plus approprié, murmura-t-il.

Je souris. Cloner mon sexe et le lui offrir, avec batterie, avait été un moment d'inspiration.

— Maintenant, tu peux m'avoir en toi quand je ne suis pas là.

— Avec fonction vibrante.

Il ricana.

— Je dois être honnête. Des pensées vraiment salaces m'ont traversé l'esprit lorsque tu t'en servais sur moi.

Je penchai la tête.

— Comme avoir les deux en même temps ?

Sa bouche s'ouvrit.

— Comment as-tu…

Je ricanai à mon tour.

— Tu es certainement devenu un homme gay du vingt et unième siècle.

Je reposai ma tête sur son épaule. Le seul bruit dans la pièce était le craquement des bûches dans la cheminée. Nous devions parler. Seulement, je n'avais aucune envie de le faire, pas après que nous venions de faire l'amour.

— Un penny pour tes pensées, murmura-t-il.

— Je ne suis pas certain qu'elles vaillent autant, mentis-je.

— Dis-moi ce qui te dérange.

Je fronçai les sourcils. Il haussa les épaules.

— Depuis combien de temps est-ce que je te connais ? Suffisamment longtemps pour savoir tu me dissimules quelque chose de grave. Alors, s'il te plaît, épargne-moi.

Je réalisai que je ne pouvais plus attendre. Je m'assis sur le lit.

— Je pensais pouvoir le faire, mais j'en suis incapable.

— Faire quoi ?

Je désignai le lit.

— Ça. Nos retrouvailles annuelles, où nous mangeons, parlons, rions, faisons l'amour, faisons l'amour à nouveau… ça ne peut pas continuer.

Je ne pus manquer la panique dans son regard.

— Pourquoi ? Pourquoi pas ?

— Parce que ce n'est pas assez, m'écriai-je.

Mes paroles rebondirent sur les murs. Il grimaça, et je regrettai immédiatement mon accès de colère.

— Je suis désolé, mais je ne peux pas continuer à agir comme ça. Passer une année entière à attendre une seule putain de nuit. Pas un seul jour ne passe sans que je pense à toi. Oui, je fais mon travail, mais j'ai l'impression que ma vie est en suspens et que je ne commence à vivre que lorsque tu franchis ma porte, et lorsque tu me quittes…

Mon Dieu, ça faisait terriblement mal.

— Tu as l'impression que c'est fini ?

Je secouai la tête.

— Et ce qui rend les choses encore plus difficiles, c'est que je sais depuis un certain temps maintenant que…

Je m'arrêtai.

— Anthony. Dis-le-moi. Plus de secret, d'accord ?

Je me concentrai sur son doux visage, le cœur tremblant.

— Je t'aime. Tu es bien plus que mon meilleur ami. Quand je ne suis pas avec toi, je désire l'être, mais je ne le peux pas. Je ne peux pas être ton amant plus d'un seul jour par an.

Je déglutis.

— Ce n'est plus suffisant.

Il m'étudia, et le silence qui retomba entre nous enfla jusqu'à ce que je le sente m'oppresser.

Finalement, il soupira.

— Il faut alors prendre une décision.

Mon estomac se retourna.

— Qu'est-ce que tu veux dire ?

— Il existe des options que tu dois envisager. La première est que nous considérons cette journée comme la dernière.

Des vertiges m'envahirent et mon cœur s'emballa. Non. Non.

— J'ai dit il y a de nombreuses années que si l'un d'entre nous estimait que cela ne fonctionnait plus, nous devrions être honnêtes et le dire. Peut-être que ce jour est arrivé.

Ma gorge se serra. Je ne voulais pas le perdre.

Il déglutit difficilement.

— Je n'ai pas envie de ça.

Dieu merci.

— Quelle est l'option suivante ? demandai-je d'une toute petite voix.

— Nous continuons à faire de notre mieux.

— Je viens de te dire que je ne peux plus faire ça.

— Je sais. Ce qui m'amène à l'option finale.

Il ancra son regard au mien.

— Tu renonces à ta vie, tu quittes ton royaume, et tu me rejoins dans le mien. Pour toujours.

Oh mon Dieu. Quelque chose me chatouilla le ventre. L'adrénaline me traversait de part en part.

— Je sais, poursuivit-il, sans rompre le contact visuel. Je t'en demande beaucoup. Je te demande de t'engager dans une existence où nous ne serons que tous les deux. Et les filles, bien entendu.

Sa tentative d'apaiser les choses tomba à plat.

— C'est plus que ça, n'est-ce pas ? Tu me demandes de renoncer à ma vie en tant qu'être humain et de devenir comme toi, immortel. J'ai raison ?

Il hocha la tête.

— Tu ne vieilliras plus.

— Mais… ma famille. Tu me demandes de m'éloigner d'eux.

Il m'observa avec stupéfaction.

— Non, je ne ferais jamais ça. Mais… tu ne pourras plus les voir qu'un seul jour par an.

Une lumière s'illumina dans mon esprit.

— Tu me suggères de revenir ici la veille de Noël ?

Il hocha la tête.

— Alors pendant que tu fais tes livraisons, que tu distribues des cadeaux au monde entier, je pourrai rester avec Ben et sa famille ? Et quand tu devras rentrer dans ce royaume, je le devrai moi aussi ?

— Oui. Je sais que c'est beaucoup te demander.

— Mais tu me le demandes, pour de vrai ?

Son visage était solennel.

— Oui. Je ne veux pas te perdre. Et la seule façon d'aller de l'avant, c'est que tu viennes vivre ici avec moi.

Quel dilemme…

— Tu as dit un jour qu'un homme pouvait devenir fou en vivant seul pendant tant de siècles.

Il sourit.

— Je ne suis pas devenu fou, mais je ne sais pas

comment tu pourrais gérer mon mode de vie. Je ne sais pas si tu pourrais supporter de ne plus faire de shopping, prendre un café, te rendre au travail… sans la présence d'autres gens autour de nous.

Je ne le savais pas non plus. Je n'avais pas beaucoup d'amis, mais je n'étais pas un ermite non plus.

— Et comme il s'agit d'une décision énorme, je ne m'attends pas à une réponse immédiate.

— J'allais poser la question. Quand… quand voudrais-tu le savoir ?

Pouvais-je prendre cette décision ?

— Et si je t'accordais un an ? Jusqu'au prochain réveillon ?

Je me disais qu'il me faudrait bien plus qu'une année pour accepter l'énormité de ce qu'il m'offrait. Il leva sa main.

— Je n'exercerai aucune pression sur toi. Ce doit être ta décision. Mais…

— Mais ?

— Il y a quelque chose que tu dois savoir.

Il s'arrêta pour déglutir.

— Je t'aime aussi.

Il m'aimait. Ce qui rendait mon choix d'autant plus difficile.

— Et tu viens juste de me dire que tu ne mettrais pas la pression ?

Mon cœur se serra lorsqu'il se leva.

— Que désires-tu faire ? Veux-tu rester ici, dîner avec moi… ou souhaites-tu rentrer chez toi ? Parce que je pense que ce que je viens de te confier va peser très lourdement sur toi, et je ne crois pas que l'un de nous deux parviendra à se détendre suffisamment pour profiter de ce réveillon convenablement.

Il avait parfaitement résumé la situation.

— Tu as raison. Je dois rentrer chez moi.

Je me jetai un bref coup d'œil.

— Après avoir pris une douche.

Je pus voir ma propre tentative de détendre l'atmosphère tomber à plat. Il ouvrit grand les bras.

— Viens ici.

Je plongeai dans son étreinte, et il m'aida à me relever.

— Je sais que beaucoup de choses vont te traverser l'esprit cette année.

— Tu crois ?

Il m'embrassa la joue.

— Je penserai à toi, et je te promets que je ne prendrai pas de nouvelles de toi. Je te laisserai tranquille.

Je ne sais pas si cela me réconforta ou m'attrista.

— Je t'en suis reconnaissant.

J'étais confronté à une décision qu'aucun homme sur Terre n'avait jamais prise avant moi… et j'étais déchiré. Une seule des options qu'il me présentait me procurerait une quelconque forme de bonheur.

Je n'étais cependant pas certain de pouvoir l'accepter.

— Et maintenant, je te ramène chez toi.

— J'ai fait ce qu'il fallait, n'est-ce pas ? En te disant ce que je ressentais ?

Parce qu'à ce moment précis, je n'en étais

vraiment pas certain.

— Bien sûr. Il faut toujours que tu me dises ce qu'il y a dans ton cœur.

— Même si le fait de dire les choses à voix haute… a des conséquences ?

Il prit mon visage dans ses paumes.

— Oui. Je sais que je t'ai dit que je ne te mettrais pas la pression, mais… quelqu'un nous a réunis. Nous sommes censés être ensemble. Je le crois de tout mon cœur.

Moi aussi.

— Et cela signifie que je vais passer cette année avec espoir.

Il croisa mon regard.

— Parce que c'est tout ce que je peux faire.

— Eh bien, reconduis-moi chez moi. J'ai énormément de réflexions qui m'attendent.

Et une année pour le faire.

Le moment présent

Minuit sonna et mon cœur s'accéléra. C'était l'heure.

Nicholas apparut dans mon salon, clignant des yeux, l'air plus anxieux que je ne l'avais jamais vu.

— Hé.

Je me forçai à sourire.

— Hé.

Je m'approchai de lui sans ma ferveur et mon impatience habituelles et je l'embrassai, posant mes mains sur son visage.

— Tu m'as manqué.

Nos fronts s'effleurèrent.

— De toute mon existence, je ne pense pas avoir jamais passé une année dans un tel tourment. Tellement de fois j'ai voulu voir comment tu allais…

— Mais tu ne l'as pas fait.

Je le savais.

— Bien sûr que non, je te l'avais promis.

Il déglutit.

— Je dois savoir. S'il te plaît, ne me fais pas attendre une seconde de plus.

Je pris une profonde inspiration.

— J'ai passé la soirée à penser à tout ce que nous avions partagé. Nous avons tant de souvenirs.

Je me mordis la lèvre.

— Et une fois que nous avons commencé, il y a eu beaucoup de sexe.

Il gloussa doucement.

— J'ai réfléchi aussi à d'autres choses. Ne plus voir ton doux visage, ne plus entendre ton rire, ne plus me coucher dans tes bras en écoutant de la musique, ne plus pouvoir parler de livres et de films… je pensais ne plus jamais pouvoir éprouver toute la joie que j'ai trouvée dans notre amour.

En fin de compte, il n'y aurait jamais d'autre homme que lui à mes yeux. Je le savais, de mes testicules jusqu'à mes os. Et c'était à ce moment-là que j'avais pris ma décision.

— Je viens avec toi.

Il se figea.

— Tu peux répéter ?

Je souris.

— Je viens avec toi !

Ses yeux s'illuminèrent. Son visage rayonna. Puis il me prit dans ses bras, dans une étreinte déchirante qui me coupa le souffle.

— Oh mon Dieu. Je l'espérais. Je l'espérais vraiment !

Je caressai sa joue.

— Attends. Je n'ai pas fini.

Je m'écartai, le cœur battant. Il devint immobile.

— Il y a une condition, n'est-ce pas ?

— Oui. Et elle pourrait changer toute la donne.

J'y avais pensé pendant très longtemps, et il n'y avait qu'une seule façon de procéder.

— Est-ce que c’est ton travail ?

Je reniflai.

— Bon sang, non. Je comptais prendre une retraite anticipée de toute façon. Mon ancien patron a déjà quitté l’entreprise, et le nouveau est un petit trou du cul plein de morve. Non, ma condition, c’est… nous devons laisser quelqu’un d’autre entrer dans le secret.

Il me regarda avec perplexité, avant de soupirer.

— Ton frère.

Je hochai la tête.

— Je ne peux pas m’en aller en le laissant avec autant de questions. Je ne peux pas lui dire : « tu ne me reverras jamais, sauf une fois par an, la veille de Noël ». Je ne peux pas lui avouer qu’il ne pourra plus m’appeler ou me voir par téléphone.

— Je comprends.

— Je n’ai pas fini. Au cours de la dernière année, une pensée persistante m’a tourmenté.

J’inspirai profondément.

— Tu veux savoir quelle a été la pilule la plus difficile à avaler ? Le fait de savoir qu’un jour, toute ma famille sera morte et que je serai là, vivant avec toi, dans un royaume magique. Et quand ce jour viendra, je ne sais pas trop comment j’y ferai face. Si j’y parviens.

Il prit mon visage entre ses mains.

— Concentre-toi sur ça. Tu verras les enfants de Ben grandir jusqu’à devenir adultes. Ils auront des enfants à leur tour. Des petits-enfants. Tu veilleras sur les générations à venir. Tu pourras en prendre soin : parce que tu travailleras avec moi en ce but. Tu t'assureras de leur bonheur.

Il soupira.

— Mais je comprends que tu ne puisses tout simplement pas t'en aller comme ça.

Mon cœur battait la chamade.

— Je suppose que ce que je veux savoir, c'est si c'est oui ? M'autoriseras-tu à avouer à Ben où je compte me rendre et qui tu es ?

Je priais pour qu'il dise oui.

Il hocha la tête.

— Le répétera-t-il à sa famille ?

J'y avais pensé aussi. Je secouai la tête.

— Seulement lui. Je sais qu'il voudra le dire à sa femme, mais je ne suis pas certain qu'elle puisse garder ce secret. Je ne suis même pas sûr qu'il puisse le faire lui-même. Mais je dois essayer.

Nicholas se mordit la lèvre.

— Où est-il actuellement ?

— Quelle heure est-il en Allemagne en ce moment ?

Je savais qu'il avait cette information à portée de main.

— Six heures du matin.

— Et c'est le matin de Noël.

Je le contemplai fixement.

— Est-ce que je peux lui dire ?

Nicholas sourit.

— Oui. Et nous y allons maintenant.

Je le dévisageai.

— Mais… je pensais que personne ne pouvait te

voir ?

— Je vais m'assurer qu'il le puisse. C'est la seule façon pour qu'il te croie.

— Mais… il va bientôt se lever, parce que, dans quelques heures, il sera en service à la base. Ce qui signifie que Layla et les enfants seront là aussi.

— Ne t'inquiète pas. Ils ne sauront pas que je suis là. Seulement Ben, répondit-il en souriant. Tes parents savaient-ils que j'étais là ?

Il avait raison.

— Ça ne sera pas facile, tu le sais, pas vrai ? Il a cinquante et un ans. Il aura besoin de beaucoup de preuves. Et même alors, il pourrait ne pas l'accepter.

— Et s'il ne le fait pas ? Est-ce que ça changera ta décision ?

— Non, mais ça rendra les fêtes de Noël à venir quelque peu gênantes.

Je l'embrassai sur les lèvres.

— Nous devons essayer.

La vie de Ben allait changer, elle aussi.

Je clignai des yeux. Nous nous trouvions dans le salon de mon frère. Il faisait encore noir, puisque le soleil ne se lèverait pas avant quelques heures, et tout était plongé dans le calme. Dans le coin de la pièce se trouvait le sapin de Noël, ses branches alourdies par les ornements et les guirlandes.

— Je ne pense pas pouvoir m'y habituer un jour, murmurai-je.

— T'habituer à quoi ?

— Au fait que tu claques les doigts et que nous apparaissions dans un endroit différent.

Je lui jetai un regard en coin.

— Et maintenant ? Est-ce que je dois le réveiller ? Sans réveiller Layla, bien entendu.

Nicholas sourit.

— Pas besoin. Il sera là d'une minute à l'autre.

J'étais sur le point de lui demander comment il savait cela, lorsque la porte s'ouvrit et que Ben entra, vêtu d'un pantalon de nuit et d'un T-shirt, se dirigeant vers la cuisine. Il s'immobilisa en nous voyant.

— Comment… quoi… ?

Il se frotta les yeux.

— Tu es réveillé, lui dis-je. Ce n'est pas un rêve.

Cela me frappa alors. Il n'y avait aucun bruit. Je me tournai vers Nicholas.

— Tu as arrêté le temps, pas vrai ?

Il hocha la tête.

— Et ça restera ainsi jusqu'à ce que nous nous en allions. De cette manière, il n'y a aucune chance que nous soyons interrompus.

Ben toussota.

— D'accord, ça devient bizarre. Je me suis levé parce que je venais de faire un rêve étrange.

Il m'étudia.

— Tu étais dedans. J'ai rêvé que j'allais dans la cuisine pour te préparer un café. En réalité, pour toi et le père Noël…

Il regarda alors derrière moi, là où Nicholas se trouvait. Son regard s'écarquilla.

— Que diable se passe-t-il ?!

Une lueur de panique traversa son regard avant qu'il ne se redresse.

— Je pense que tu me dois une explication.

Je jetai un coup d'œil à Nicholas.

— Laisse-moi deviner. Il est un peu secoué.

Nicholas haussa les épaules.

— C'est l'effet que je fais.

Ben fronça les sourcils.

— Ne penses-tu pas que les enfants sont un peu vieux pour croire au père Noël ? J'espère que tu ne l'as pas payé une fortune pour venir.

Il fronça ensuite les sourcils.

— Qu'est-ce que je raconte ? Je ne sais même pas comment vous êtes entrés ici.

Il me dévisagea.

— Qu'est-ce qui se passe, Anthony ?

Je désignai les fauteuils.

— Est-ce que nous pouvons nous asseoir ? Parce que je pense vraiment que tu serais mieux assis pour ce que je m'apprête à te dire.

Sans un mot, il s'exécuta, son regard passant de l'un à l'autre. Nicholas et moi nous installâmes sur l'autre canapé. J'ouvris la bouche pour parler, et avant que je ne puisse prononcer le moindre mot, Nicholas prit ma main dans la sienne. Un sentiment de calme m'inonda, et je lui adressai un regard reconnaissant. Je me tournai ensuite vers mon frère.

— Avant de commencer, je t'ai dit il y a quelques

années qu'il y avait quelqu'un dans ma vie. Il s'agit de lui.

Ben écarquilla les yeux.

— Tu as fait tout ce chemin pour me présenter ton petit ami ?

Il fronça les sourcils.

— Tu as oublié la partie où il jouait le père Noël.

Je pris une grande inspiration.

— Pas un père Noël… *Le* père Noël.

Il ricana.

— Bien essayé.

Il jeta un coup d'œil en direction de Nicholas.

— Hé. Ravi de te rencontrer. Comment va Rudolph ? Tu as fini tes livraisons pour la nuit ? Ne serait-il pas temps pour toi de retourner au pôle Nord ?

Je soupirai.

— Ce n'est pas une blague. Il s'appelle Nicholas. Ne me demande pas quel âge il a, parce que tu ne me croirais pas si je te le disais. Et je suis amoureux de lui.

Un autre soupir.

— Et si nous sommes ici, c'est parce que… je vais aller avec lui, et ça engendre des changements.

Ben m'observa attentivement.

— Est-ce que tu as bu ?

Je savais pertinemment que ce ne serait pas facile.

— Je suis on ne peut plus sobre. Et chaque mot que je viens de prononcer est vrai.

— Bien sûr. Quoi que tu en dises.

Il ricana.

— C'est un rêve, c'est ça ? Je vais me réveiller d'une seconde à l'autre.

— Nous n'avons plus beaucoup de temps, intervint Nicholas en soupirant. Je dois donc t'aider à croire ce que te dit ton frère.

Il claqua des doigts. Nous nous retrouvâmes tous les trois à côté du traîneau. Autour de nous il n'y avait que de la neige, des branches d'arbres alourdies par le poids des flocons, et au loin se trouvait la base aérienne, ses lumières vives contrastant contre la blancheur environnante. Le vent se leva. Mon petit frère trembla.

— Pourquoi est-ce que j'ai si froid ? Je ne devrais pas avoir froid dans un rêve.

Il regarda autour de lui.

— Comment… comment as-tu fait ça ?

Il cligna des yeux.

— Attendez une minute. Je connais cet endroit. C'est proche de chez moi.

Nicholas hocha la tête.

— Je t'ai amené ici, par magie.

Ben l'observa fixement.

— Ça n'existe pas.

— Alors, comment expliques-tu ça autrement ? Tu n'es pas un homme qui croit aux hallucinations, alors tu peux écarter cette théorie. Tu crois uniquement ce que tu peux voir de tes propres yeux, alors la seule option qui s'offre à toi désormais est de croire que je suis la personne qu'il t'a dit que j'étais.

Nicholas claqua encore des doigts, et nous nous retrouvâmes à nouveau dans le salon de Ben. Ce dernier secoua la tête, clignant furieusement des yeux.

— Tu peux filer le tournis à quelqu'un en faisant ça. Ne recommence pas. Et je ne te crois toujours pas. Je n'ai peut-être jamais eu d'hallucinations auparavant, mais je suis sûr et certain d'en avoir une maintenant.

— Ben, répliqua Nicholas à voix basse.

Lorsque mon petit frère le regarda, il ajouta :

— Tu es en train de tremper le sol.

Ben baissa les yeux vers l'endroit où la neige fondue sur son pantalon glissait, formant une flaque d'eau sur le sol.

— Seigneur, ce n'était pas un rêve, n'est-ce pas ?

— Je crois que nous avons réussi à le convaincre, murmurai-je.

Il s'effondra sur le canapé.

— Es-tu sérieusement en train de me dire que mon frère sort avec… le père Noël ? Que le père Noël… est réel ?

Je m'installai à côté de lui.

— Je le connais depuis l'âge de douze ans. Je le désire depuis que j'ai la trentaine. Et je l'aime depuis un moment maintenant. Notre temps ensemble équivaut à chaque réveillon de Noël depuis 1979, mais ce n'est plus suffisant, alors j'ai pris une décision. Nous sommes ici parce que ma décision t'impacter, toi aussi.

Ben déglutit.

— Tu me fais peur.

— Si ça signifie que tu commences à croire ce

que je te dis, alors s'il te plaît, il faut que tu aies peur.

Je pris une profonde inspiration.

— Il m'a demandé de vivre avec lui, dans son royaume, et j'ai accepté, mais…

— Son royaume ?

Je hochai la tête.

— Oublie toute cette merde au sujet du pôle Nord. J'ai été dans son royaume plusieurs fois, et c'est aussi loin que possible du pôle Nord. Et même si j'ai accepté d'aller vivre avec lui, il y a un inconvénient. Ce qui m'amène à la raison pour laquelle nous sommes ici.

Mon petit frère demeura immobile.

— Continue.

— J'irai là-bas pour de bon. Pour toujours.

Je désignai une fois encore Nicholas.

— Il savait pertinemment que je ne pouvais pas abandonner ma famille, que j'aurais besoin de te voir, alors il a accepté que… je revienne ici une nuit par année, la veille de Noël.

Ce fut à mon tour de déglutir.

— Je me retrouvais alors face un problème de conscience. Je devais venir te voir en premier pour te dire ce qui allait se passer.

Je contemplai mon frère avec tendresse.

— Et Nicholas a accepté de partager son secret avec toi, de t'autoriser à le voir, juste toi.

Ben se figea.

— Une seule nuit ?

J'écarquillai les yeux.

— Une nuit, c'est mieux que pas de nuit du tout.

Au moins, de cette façon, je serai encore présent dans vos vies, du moins pour un certain temps.

— Qu'est-ce que ça signifie ?

Nicholas se pencha vers l'avant.

— Anthony ne vieillira plus. Il aura toujours son apparence actuelle.

Son regard brillait.

— Ce qui pourrait être un peu difficile à accepter, tu ne penses pas ? Le jour viendra où il cessera de vous rendre visite, et tu devras prétendre qu'il est mort, pour le bien de ta famille. Ils ne peuvent pas apprendre la vérité.

— Pourquoi ça ?

— Penses-tu vraiment qu'ils pourraient garder un tel secret ?

Ben fronça les sourcils.

— Non. Je ne pense pas. Je ne suis pas certain de pouvoir le faire, moi-même, pour être honnête. Que dois-je dire à Layla, Pete et Becca ?

— Ils ne me voient pas souvent, quand on y pense. Une seule fois par an n'est pas si farfelue.

Je plongeai mon regard dans le sien.

— Est-ce que tu peux accepter le fait de ne me voir qu'une seule fois par an ?

— Ce n'est pas comme si j'avais le choix, pas vrai ?

Une note d'amertume se glissa dans son intonation.

— Et s'il y avait une urgence ? Et si j'avais besoin de toi ? Comment pourrais-je te contacter ? Parce qu'il ne me semble pas que tu seras encore sur

Terre.

Je me tournai vers Nicholas.

— Il a raison. Je n'y avais pas pensé.

Nicholas sourit.

— Un canal restera ouvert toute l'année. Je pourrai savoir immédiatement si quelque chose ne va pas.

— Un canal ?

Ben fronça les sourcils.

— C'est… compliqué, répliquai-je. Tout ce que tu dois savoir, c'est que nous saurons tout ce qui se passe ici.

Ben jeta un coup d'œil dans son salon.

— Il y a des caméras ici dont je n'ai pas connaissance ?

Il ricana. Puis soupira.

— Je ne comprends toujours pas pourquoi tu dois aller avec lui.

Je m'agenouillai devant lui et pris ses mains entre les miennes.

— Tu as créé ton propre bonheur… avec Layla, Pete, Becca, ton travail que tu aimes… Nicholas représente le mien.

Il m'adressa un demi-sourire.

— Et je n'arrive toujours pas à comprendre cette partie. Que le père Noël… soit gay.

— Il l'a toujours été. Il n'y a pas de mère Noël. Et… j'aimerais obtenir ta bénédiction.

Il avait les larmes aux yeux.

— Comment puis-je m'opposer à ça ?

— Alors… j'ai ta bénédiction ?

Ben sourit en s'essuyant les yeux.

— Je ne pense pas que mon cerveau arrive à tout comprendre à l'heure actuelle. Mais j'accepte le fait que je vais te voir une fois par an et que tu passeras le reste du temps avec l'homme que tu aimes. Je pense que c'est une évidence, n'est-ce pas ?

Je le serrai dans mes bras.

— Merci. Merci du fond du cœur.

— Je t'aime, frangin, murmura Ben.

Puis il éclata de rire.

— Qu'est-ce qui te fait rire ?

— Je pense… oh mon Dieu, l'ironie.

Il souriait lorsqu'il croisa mon regard.

— N'est-ce pas toi qui m'as dit que le père Noël n'existait pas ?

C'était assez drôle, maintenant que j'y pensais. Je me levai et Ben tendit la main à Nicholas.

— Je suis très heureux d'avoir eu l'occasion de te rencontrer.

— Moi aussi.

Son regard brillait de malice.

— Qu'est-il arrivé à ton Superman ?

— Mon… Comment as-tu…

Il leva les yeux au ciel.

— Question stupide.

— C'était mon cadeau pour toi.

Puis Nicholas hésita, et je me demandai ce qui allait suivre.

— Mais il y a un cadeau que tu pourrais m'offrir,

si tu le désirais.

Mon frère cligna des yeux.

— Je doute qu'il y ait quoi que ce soit que je puisse offrir au père Noël qu'il ne puisse obtenir lui-même, répondit-il en riant.

La respiration de Nicholas s'accéléra. Je réalisai alors que je ne l'avais jamais vu dans un tel état.

Il était nerveux.

Il inspira profondément.

— Le truc, c'est que… je suis un type vieux jeu. Et si je demande à un homme de me rejoindre dans mon royaume, de s'engager pour toute la vie avec moi… je veux d'abord lui passer la bague au doigt.

Attendez…

Que vient-il de dire ?

Quand je me suis retrouvé à court de mots

Une fois encore

Nicholas glissa une main sous son manteau et en sortit une petite boîte en velours noir.

— Anthony pense que nous sommes venus ici pour te demander ta bénédiction, mais dès que j'ai appris ce que tu faisais dans la vie, j'ai réalisé que je voulais venir ici avec une arrière-pensée.

Ben avait le souffle court.

— Oh mon Dieu. Tu veux que je célèbre une cérémonie de mariage.

Je ne l'avais pas vu venir. Nicholas hocha la tête.

— Je doute que tu aies déjà organisé une telle cérémonie pour deux hommes.

Ben sourit.

— Tu te trompes. Il y a deux soldats sur cette base qui se sont présentés devant moi pour échanger leurs alliances et leurs vœux. Personne d'autre ne le sait, seulement nous…

Il déglutit.

— Et je serai honoré de vous marier.

Je toussotai.

— Excusez-moi ? N'ai-je pas mon mot à dire ?

Nicholas se figea.

— Tu ne veux pas m'épouser ?

Je levai les yeux au ciel.

— Bien sûr que si. Mais j'aimerais quand même qu'on me le demande, tu sais ? Correctement ?

Je baissai les yeux vers le tapis et me raclai la gorge. Il gloussa.

— Étant donné que je ne vais le faire qu'une fois…

Il posa un genou à terre face à moi, levant l'écrin.

— Anthony James Gordon, veux-tu…

Tout à coup, je pleurai, mais c'étaient des larmes de joie. Après des décennies, j'obtenais enfin ce que je désirais par-dessus tout… Nicholas, tout à moi.

Ce dernier me dévisageait avec une inquiétude évidente. Je compris que je devais me dépêcher de lui répondre.

— Tu connais mon deuxième prénom ?

Il croisa mon regard.

— Qu'est-ce que je t'ai déjà dit ? Tu sais tout sur tout.

Il leva les yeux au ciel.

— On est au milieu de quelque chose ici, non ?

Je fis de mon mieux pour ne pas éclater de rire.

— Désolé. Continue.

À l'intérieur, je bouillonnais. Il toussota.

— Anthony James Gordon, me feras-tu l'honneur de devenir mon mari ? Partageras-tu ma vie…

Ses yeux brillaient de larmes contenues.

— Pour aussi longtemps que cela puisse durer ?

La joie jaillit en moi, et cette fois-ci, je ne parvins

pas à la contenir.

— Bien sûr que oui. Maintenant, lève-toi et embrasse-moi.

Il s'exécuta et, un instant plus tard, nous nous retrouvâmes dans les bras l'un de l'autre, en train de nous embrasser et de pleurer. Ben pleurait aussi, essuyant ses yeux dans son T-shirt. Lorsque nous nous arrêtâmes, il posa une main sur nos épaules.

— Allons-y.

Nous nous tînmes devant lui, en nous prenant par la main, alors que Ben nous demandait de livrer nos engagements l'un envers l'autre. Il me fallut une minute ou deux pour formuler mes pensées, mais finalement, je fis face à Nicholas, le cœur si plein de joie que j'avais l'impression qu'il allait éclater.

— Merci d'être entré dans ma vie et de m'avoir offert quelque chose en quoi croire. Je garde chaque moment que nous avons partagé dans mon cœur, et il y a de la place pour beaucoup, beaucoup plus. Je promets de te soutenir, de t'aider quand je le pourrai, et d'être ta pierre angulaire. Parce que mon amour pour toi ne faiblira jamais.

Je déglutis.

— Aussi longtemps que je vivrai.

Nicholas serra ma main, des larmes brillant dans ses yeux.

— Merci de m'aimer. J'avais accepté ma solitude, puis tu es entré dans ton salon et tu as changé ma vie. Je n'avais pas la moindre idée que tu deviendrais l'homme dont je serais amoureux, mais je crois que quelqu'un t'a autorisé à entrer dans ma vie à cette fin.

Ses yeux bleus se concentrèrent sur les miens.

— Je t'aime de tout mon cœur, et je continuerai à t'aimer jusqu'à ce que les étoiles meurent.

Il passa la bague à mon doigt, puis il l'embrassa.

— J'ai l'honneur… et la joie… de vous déclarer mari et mari.

Ben gloussa.

— Et voilà un autre mariage que personne ne connaîtra jamais.

Nicholas m'embrassa sur les lèvres, en une longue étreinte qui m'emplit de joie et de chaleur.

— Je t'aime, murmura-t-il.

— Je t'aime aussi.

Ben s'essuya les yeux.

— J'aurais aimé que maman et papa soient là pour voir ça.

Ma gorge se serra. Moi aussi. Nicholas glissa sa main sous son manteau et en retira une grande enveloppe.

— Nous n'avons plus beaucoup de temps.

Il croisa mon regard.

— Nous n'avons que jusqu'à l'aube pour nous rendre à New Hope, alors nous devons partir.

J'hésitai.

— Je déménage ce soir ?

Il hocha la tête.

— Ce soir, c'est tout ce que nous avons. Et il y a un détail à régler en premier.

Il me tendit l'enveloppe. Je jetai un coup d'œil à l'intérieur. Je fronçai les sourcils.

— Mais… ce sont les actes notariés de ma maison. Pourquoi est-ce que tu les as ?

— Regarde-les de plus près.

Je suivis ces instructions. Oh. Oh.

— Ah, je comprends.

Nicholas sourit.

— J'ai toujours dit que tu étais un homme intelligent.

Je tendis l'enveloppe à mon frère.

— C'est pour toi.

— Mais…

— Ouvre-la.

— Je sais ce qu'il y a à l'intérieur. Je ne vois tout simplement pas pourquoi…

— Ben, s'il te plaît, fais ce que je te demande.

Il retira les actes de l'enveloppe et les étudia, en fronçant les sourcils.

— Mais… il y a mon nom dessus.

Je hochai la tête.

— Je n'aurai plus besoin d'une maison, pas après ce soir. Tu peux donc en faire ce que tu veux. Tu peux la louer, la vendre, ou la garder. Un jour, tu vas prendre ta retraite, et c'est un très bel endroit pour vivre.

Je souris.

— Joyeux Noël.

Mon petit frère me prit dans ses bras.

— Merci.

— Et maintenant, nous devons vraiment partir.

Nicholas le serra dans ses bras.

— Joyeux Noël, beau-frère.

Le regard de Ben s'écarquilla.

— Oh mon Dieu, je fais partie de la famille du père Noël.

Il était encore bouche bée lorsque nous nous évaporâmes. Je grimpai dans le traîneau.

— Pouvons-nous y arriver à temps ? Il y a beaucoup de choses dans cette maison.

Nicholas ricana.

— Mon traîneau est très grand !

Il m'avait eu sur ce coup-là. Nous accélérâmes dans le ciel en direction des États-Unis, mon cœur si léger que j'aurais juré qu'à lui seul il aurait pu m'offrir la force de voler.

— Voilà ce que j'appelle un cadeau de Noël.

Je souris.

— J'ai un mari.

Sa main s'enroula autour de la mienne.

— Heureux ?

— Incroyablement heureux. Mais un peu paniqué aussi, je dois l'admettre. Pouvons-nous tout faire en une nuit ?

Il se pencha et m'embrassa sur la joue.

— Détends-toi. Je suis le père Noël, tu te souviens ?

Il marqua un temps d'arrêt.

— Tu es d'accord avec la façon dont les choses se sont passées avec ton frère ?

— Nous sommes enfin ensemble.

Je posai une main sur ma bouche.

— Hé, les filles ? Devinez qui s'est marié ?

Je le jurais, les huit rennes nous acclamèrent.

Le traîneau s'inclina et nous nous posâmes. Dès que ses rails touchèrent le sol, je m'affaissai contre le siège.

— Nous avons réussi.

— Désolé, ça a pris un peu de temps, je rentre habituellement avec un traîneau vide. Je n'avais pas tenu compte du poids supplémentaire.

Je me retrouvai sur ses genoux en un battement de cœur, mes bras enroulés autour de son cou.

— Nous y sommes. Nous sommes enfin à la maison.

Je me mis à rire.

— Avec tellement d'affaires qu'il nous faudra peut-être un certain temps pour tout organiser, mais nous avons le temps.

— Tout le temps du monde, murmura-t-il en réponse.

Ce n'était que le tout début. Pour le restant de l'éternité, il n'y aurait que lui et moi, entrecoupée par nos visites annuelles chez mon petit frère. Cette perspective ne m'intimidait plus, elle me remplissait d'une joie intense et d'une grande impatience. La facilité de mon acceptation m'avait intrigué pendant un instant, mais maintenant je savais pourquoi.

J'étais fait pour être sien.

Nicholas m'avait dit un jour qu'il faudrait un homme spécial pour s'adapter à la vie d'un immortel, et apparemment, j'étais cet homme.

Ce n'était pas un hasard. Tout avait été prévu.

Je ne pouvais pas y penser. J'avais du travail à faire.

— Bien sûr, continuai-je, on pourrait tout placer dans la maison en un claquement de doigts.

Je souris. Le regard de mon mari étincela.

— Tu t'habitues bien vite au mode de vie magique, tu ne trouves pas ?

— Je crois aussi.

Je me penchai pour l'embrasser dans le cou, sachant que cela le ferait frissonner. C'était toujours le cas.

— Mais plus vite on range tout ça, plus vite nous pourrons aller au lit, pour que je puisse faire l'amour à mon mari.

Il claqua des doigts.

— Voilà, c'est fait.

Nicholas m'embrassa sur les lèvres, prenant son temps.

Il avait raison. Après tout, nous avions tout le temps du monde.

FIN

À propos de l'auteur

K.C. Wells vit sur une île au large de la côte sud du Royaume-Uni, entourée de beautés naturelles. Elle écrit sur les hommes qui aiment les hommes, et ne peut même pas envisager une vie qui n'inclut pas l'écriture.

La rose arc-en-ciel qu'elle s'est fait tatouer dans le dos, avec les mots "Love Is Love" et "Love Wins", est sa façon de hisser le drapeau. Elle prévoit d'écrire sur les hommes amoureux – qu'ils soient doux et lents, chauds ou pervers – pendant encore longtemps.

Autres titres de K.C. Wells

En français

Lions, Tigres et Ours (série)
Il grogne, il rugit, il ronronne (tome 1)

Sensual Bonds
Le lien des Trois

Merrychurch Mysteries
Au nom de la vérité

Love, Unexpected
Dette

Dreamspun Desires
Le secret du Sénateur
Sortir des Ombres

Premières Fois
Pas à Pas
Pour la vie

Colliers et Menottes
Un Cœur Déverrouillé
Croire en Thomas
Te Protéger
Valse Hesitation

Secrets – with Parker Williams
Avant que tu te brises

Un Esprit Libéré

Personal
Une Affaire Personnelle
Changements Personnels
Plus Personnel
Secrets Personnels
Strictement Personnel
Défis Personnels
La série complète

L'art et la matière
Dentelle
Satin

Cher Père Noel
Connexion

Les hommes du Maine
Le fantasme de Finn

D'Ombres et de lumière
Bears in the Woods (Edition française)
Soumission Princière
Le gay du train

www.ingramcontent.com/pod-product-compliance
Lightning Source LLC
LaVergne TN
LVHW041159150826
845673LV00001B/217

* 9 7 8 1 8 3 8 4 4 4 5 7 0 *